U1007907

CHUANG WAI
SHANGUO
NA REN DE LIAN

窗外闪过那人的脸

叶云超 著

山西出版传媒集团 北岳文艺出版社
·太原·

图书在版编目（CIP）数据

窗外闪过那人的脸 / 叶云超著 . -- 太原 : 北岳文艺出版社，2025. 4. -- ISBN 978-7-5378-7061-0

Ⅰ . I227

中国国家版本馆 CIP 数据核字第 202596J3D6 号

窗外闪过那人的脸

CHUANG WAI SHANGUO NA REN DE LIAN

叶云超 / 著

选题策划

李向丽

责任编辑

李向丽

装帧设计

兰图文化

封面油画

叶斟阳

印装监制

郭　勇

出版发行：山西出版传媒集团・北岳文艺出版社

地址：山西省太原市并州南路 57 号　邮编：030012

电话：0351-5628696（发行部）　0351-5628688（总编室）

传真：0351-5628680

经销商：新华书店

印刷装订：湖北书青辞简印务有限公司

成品尺寸：145mm × 210mm

字数：113 千

印张：8.75

版次：2025 年 4 月第 1 版

印次：2025 年 4 月湖北第 1 次印刷

书号：ISBN 978-7-5378-7061-0

定价：59.80 元

本书版权为本社独家所有，未经本社同意不得转载、摘编或复制

目　录

辑一　自动扶梯

辑二　离别之诗

辑三　旅行者

辑四 铁桥

书评

辑一·自动扶梯

自动扶梯

是的，昨夜我在梦里
写过一首关于自动扶梯的诗
就那么一行
在梦里反复上下穿梭
自动扶梯上的人
站在斜坡上
就像天际高压线上
一排麻雀

家庭主妇、老头、心事重重的中年人
孕妇和小孩……
一旦踏上自动扶梯
都是匆匆过客

而苦役的齿轮
在你脚下昼夜辗转
在你体内，这样的装置如出一辙
自动扶梯上

从来没有真正的邂逅
没有寒暄，连相视一笑
都显得生硬和轻佻

梦里，自动扶梯升至云端
有人在漫天星光中
推响购物车

光阴客栈

其实是家茶楼
为何取名为“光阴客栈”
难道在此消遣的人
都是些过客？

我和朋友们常在里面玩牌
老板娘长发及腰，一脸媚笑
像极了光阴的样子

昨夜大风，将“光阴客栈”这个匾牌
从二楼墙上一把扯下，砸在马路上
巨大的响声，风雨来掩盖
梦中，我似乎哼了一声

那虚掷的光阴
如一张悬空的匾牌
每当我从下面走过
头皮就倏忽发麻

红墨水

赏月归来
拧开书房的台灯
像透过窗帘的月光，一行诗
蓦然浮现脑海
摊开白纸，抓起笔筒里的笔
赶紧记录下来
写下的字却那么刺眼
原来，抓了一支红色墨水的笔
一支小学老师批改作业的笔
顿时，思绪凌乱
所有的诗意烟消云散
月光，也从窗口
收回了她的纱巾
白纸上，唯一的一行诗
孤单、刺眼，像一名逃跑的伤兵
滴在雪地的血迹

也说喝茶

——致晓吾

我早就体会到盐是咸的
糖很甜，而胆汁最苦
茶是什么滋味
我却说不清
我从未仔细品过茶
无论乌龙、铁观音、普洱
不管绿、红、白、黑茶
我拿它们当白开水一样来解渴
我的渴如同干涸之井
隐藏在这广袤的人世
而云雾缭绕的一座座葱郁茶山
在杯中沉浮不定

潜水的野鸭

我看见其中一只
悄悄游离同伴
忽然，头朝下，屁股朝上
扑通一声扎了下去
一直没有露头
同行的人走远了
我还站在原地未动
我要等那只游离同伴
独自沉潜的鸭子
浮出水面，看它一口气
到底能憋多久

失　物

如果要列举一份失物清单
恐怕任何表格
都不够填写
你的第一支削好的铅笔
家里的钥匙、硬币
你的初吻、梦、离世的亲人，以及
人生的第一块手表
记得它曾环绕在手腕上
亮锃锃的，里面的指针
昼夜不停地赶路
仿佛旅途漫长，永远也无法抵达
而满载失物的列车已经开往远方
根据物质守恒定律，它们
一定被寄存在某个地方
像条忠实的狗，静候着主人
而你，没有任何有效凭证
将它领回来

过山车

宛如一条巨龙
空中疾驰、扭动、翻转

眼看就要跃上云端
却一头栽入万丈深渊
如此反复，紧紧缠绕的离心力
把周身的血液
甩得哗哗作响
即将溅泼，这是
一种什么样的感觉

看客不过是看客
我一次过山车也没坐过
我的人生平庸无奇
仿佛一支干涸的笔
置于笔筒
抽出来，力透纸背
也是无病呻吟

而惊心动魄的尖叫声
常在耳畔回荡

有一种人

一个人长大后
须忍受劳作之苦
换取活下去的资本

你不能让一个人闲下来
闲居久了，四肢乏力，大腹便便
终日胡思乱想，不着边际

但不妨让一个劳苦之人
闲下来，读读书，侍弄侍弄花草
看是否有另外一种生活
被错过了，另外一番人生
被撕开巨大的裂缝……

有一种人，你一旦让他闲下来
他就手心发痒，就想写诗
试图以凡夫俗子的嘴唇
说出神的话语

全蛇宴

平生第一次吃蛇，是在广东江门
朋友介绍说
这是银环蛇、眼镜蛇、蝮蛇
说者无意，听得人毛骨悚然
全身泛起鸡皮疙瘩
你想起儿时父亲赶夜路时
被蛇咬过，差点丢命，落下终身腿疾
而这满桌的盘中、锅里
哪里有蛇，分明是一截截蛇的尸体
被红烧、油炸或清炖
人们大快朵颐，而你举箸不前
怕一筷子下去，惊起一条活蹦乱跳的蛇
旁边坐的中年美妇
一边用嘴撕扯蛇肉
一边说：蛇肉好吃，滋阴，还壮阳
又随手夹了一块递到你碗里
她所言确实不假，味道鲜美
你食肉、喝汤、纵酒。入夜

梦见蛇的军团
在大地上疾行

夜视镜

黄昏，下班回到小区门口
听见流动小贩的吆喝声：
当今最牛的夜视镜
伸手不见五指的夜晚
戴上它，也能走路、看书
如同白天……

这诗一般的叫卖声吸引了我
况且我日渐衰退的视力
确实需要这样一副眼镜
戴上它，黑夜就奈何不了我

伸手掏钱时，你为何
不停地提醒我
莫上当了，明摆着是骗人的

我从未怀疑自己的分辨力
所以毫不迟疑地买了一副

夜深了，你说
让我们关掉所有的灯
戴上它，见证神奇吧
对此，我心知肚明
但我的耳畔，仍萦绕着
那诗一般的吆喝声

母　性

在人民医院住院部
拥挤的电梯里，你
忽然蹲下来，双手捧起
一个陌生小姑娘的脸蛋
（愁眉不展，她也是来探望病中的亲人的？）
朝她挤眉弄眼，想逗她笑

我们一起生活了几十年
我熟知你逗孩子的技巧平平
甚至有些拙劣。此刻
空气中充满浓浓的药水味
所有的人都沉默不语，你为何
无法抑制突然的母性

跑　道

一架飞机终于着陆
用力撞击沉默的地面

在天上飞的时候
似乎可以为所欲为
没有斑马线、红绿灯
没有夹道的栾树和香樟
一言难尽的空旷
撑开自由的翅膀

可以一直这样飞下去
直到古老时光的尽头
直到翻滚的云海
舐舔昏昏欲睡者
麻木的掌心

飞机终于着陆
平坦笔直的水泥跑道

安抚它的漂泊，平息
它满腔的怒火

蚯　蚓

挖土的铁锹
斩断了一条蚯蚓
锹柄上，是我紧握的手

痉挛、扭动
头和尾不能呼应

潮湿的泥土
被迅速覆盖

黄昏，我回家
反手关上防盗门
将沉重的影子收入囊中
仿佛那条被斩断的蚯蚓
在废墟中的战地医院
获得救治与缝合

摁灭房间里的灯

奋力向梦的土层掘进

将你的呓语传递过来吧
此时，我们身处同一地缝
我的手，终于
松开了锹柄

中秋诗会

明月照亮这古老的孔庙
今夜，轮番登台朗诵的人
看上去，个个都神采飞扬
气质不凡，他们
都是从哪儿冒出来的不速之客
难道不是机关、学校、医院、工厂
千千万万普通家庭的平庸之辈？
在街上灰头灰脸地赶路
忙碌着，任梦想破灭，光阴虚度
明月和舞台的灯光
终于照在他们身上，今夜
他们完全配得上
这些千古流传的诗章

麻醉剂

无影灯下
一个人躺平，他在想
万一麻醉剂失灵
如何熬过这段时光

很快，宛如一枚针
他悄无声息地落入大海

利刃来访
自有血肉伺候
麻醉剂揽下切身之痛

当他终于睁开眼睛
像从深渊浮起
没有梦，没有任何意识
生命里的这段时光
好像被偷走了

初　雪

早晨，院子里的雪地
还没有任何动物留下爪迹
还没有被踩脏

那棵满头花白的罗汉松
守护了整整一夜
它在等孩子们下楼
堆一个干净的雪人

佐 料

他将午餐的小菜
拍照发到朋友圈
一碟清炒大白菜里
居然有根头发

我猜，当他躬身灶台
锅底冒起滚滚油烟和热浪
将他精血滋养的一根头发
树叶般吹落
而他毫无察觉

当生活寡淡无味时
还有一根青丝
舍身入油锅
充当佐料

高压线

一块“当心雷击”的警示牌
并不足以让人恐惧
但它立在巍峨的铁塔下
我们不得不止步

不可靠近、攀爬
仿佛它是一具绞刑架
立在每天的必经之路上
牵引我们低垂的目光
顺塔身向上飘升

一排排高压线
如同大渡河上的索桥
横渡的勇士越过桥头堡
隐身史书的岩层

此时，天空万里无云
没有雷电当头棒喝

连绵数千公里的高压线下
山川浪涌，渡者浮沉

关于春天的诗

我写过酷暑，写过落叶
写过严冬的冰雪
翻遍旧作，三十年了
找不到一首关于春天的诗

也许，像春天一样
所有美好的事物
都是禁区，不容我涉足
我带着纸和笔
一直在门外徘徊
像个交不起学费的旁听生

父亲读书

父亲晚年热衷读书
看的是古典的章回小说
午饭后，坐在窗前沙发上
戴着老花镜，凑近发黄的纸片
但往往不到一刻钟
像一个战士摔下马背
啪嗒一声，书从手中滑落
掉在地板上
鼾声随之响起
仿佛尘封的历史
发出断断续续的回声

相机博物馆

天塞酒庄的主人
不仅在大漠深处种葡萄、酿酒
还建了一座相机博物馆

走进馆内
一千七百多部相机的镜头
犹如埋伏在此的枪口
一起瞄着我

面部、后脑
前胸、后背、四肢
五脏六腑，甚至
前世和来生
都在准星上
射程内

那么，来吧
看不见的手指

请尽快扣动扳机，因为我
即将像一颗酸甜的葡萄
滚落密封的窖桶
被压榨、液化
迅疾遁于无形

锁 链

她的狗死了
而且死得很惨
那是个下雪的早晨
它兴冲冲地拖着一条锁链
刚出院门，来不及惨叫
就被一辆疾驰的小车
碾得血肉模糊
她感到不妙，急忙跑出来
已经晚了，她精心呵护的小女儿
已经一命呜呼，魂归西天
凶手扬长而去
完全不理会她的痛苦和悲伤
她喊醒惺忪的丈夫
合伙将它埋在花园里
然后，流着泪
捡回一条带血的锁链

致胡苇

说真的，我羡慕你
羡慕你从繁华的海滨都市
抽身前往雪域高原
并在那里扎下根
你的勇气，堪比男儿
羡慕你每天教书、礼佛
你的虔诚，竟可以感动你自己
你以戏谑的口吻，发来微信
“你也可以来学佛啊”
我？我不知自己身在何方
不知这一生到底要什么
诸事缠身，一无所有
最终可能客死他乡
愧对人世一切美好的事物

小面馆

临街有两家相邻的小面馆
右边的这家，人来客往，生意兴隆
出于盲从，我总在这家吃早点
每次我都轻手轻脚地走进去
吃完老板娘端上来的热干面
然后悄悄溜掉
不是我没付费，我付了
但我每每看见左边的那家
门庭清冷，一对勤劳的中年夫妇
眼中落寞无奈的神情
仿佛一直紧盯着我
我不欠他们的，但感觉
仍然有愧于他们

端午诗会

端午节前夕，诗人雅聚秭归
在游轮上大摆筵席
青山逶迤，江水东流
推杯换盏间，两千多年眨眼而过
楚国早已不复存在
不必担心，他们中
没人会突然离席
翻越护栏，纵身一跃

考　试

为什么四十年来
我反复做着一个相同的梦
梦见我忐忑不安地走进考场
考卷发下来
看不清任何一道题、一个字
我想作弊
环顾周围，所有人
都在聚精会神地答题
没人愿意把答案泄露
安静的考场上
监考老师
一直盯着我

判　决

他们判一个投机分子
一个在人世混得如鱼得水
又犯了莫须有罪的人
去打扫天空
陪审团一致通过
就这么判

他们不判他下地狱
因为地狱漆黑一片
肉眼看不见，无法监督
所以判他上天堂
只要一抬头
就能指认罪犯

晴朗的日子，万里无云
就让他在浩瀚的天空发呆
如同北国茫茫雪地的苏武
碰到阴天下雨

积云布满整个天空
让他累到吐血

宣判之后，陪审团匆匆离去
留给他
一架云梯

鸽　子

我的左肋间
一颗鸽蛋般大小的脂肪瘤
陪伴了我大半生

莫非上天，特意
在我体内埋下这枚鸽蛋
让我来孵化
让我庸碌的一生
有所作为

所以，我婉拒了手术刀
选择轻微的隐痛，选择多余的负荷

也许，当我弥留之际
会有一只白鸽，破壳而出
飞向蓝天

茶艺师

一个娴静的女孩
正在烧水、冲洗、斟茶
手指白皙、灵巧
在她低头的刹那
额际一缕长发
不经意地披挂下来
袅袅如茶香

我不记得我喝了多少杯
仿佛那缕青丝
就是饮不尽的泉源

马拉松

拥挤的街道已然清空
所有路口一律绿灯
发令枪一响，选手们
如同开闸的洪流

四十几公里的刻度
将一生压缩成两个多小时
这显然不够，没有人
能在如此短的时间
跑完全程

牵扯着网状的道路
只能是一个终点
被他们依次冲破

中途退赛的选手
不能说他们没有遗憾
但他们的终点仍在

观冰雕

城堡、少女、老虎
拉雪橇的狗、盛开的菊花……
在零下二十多摄氏度的严寒中
依然赤身裸体
独享刻骨的淡然
我们身裹厚厚的冬衣
围绕、穿行在它们中间
嘴鼻里呼出阵阵白色烟雾
仿佛体内燃烧着
取暖的柴炭

停战前夕

一轮轮唇枪舌剑后
深渊被血肉和唾沫填满
双方的统帅没有握手
但在同一份文件上
签下各自伟大的名字

命令还未传到前沿
对峙的中间地带
开阔、平坦，野花摇曳

伴随沉闷的枪声
停战命令恰好传达
同时，一个倒霉的士兵
倒在血泊中

而狙击手赶紧扔下枪
随着纷纷跃出掩体的战友
欢呼雀跃

北方严寒的靶场

在北方严寒的靶场
我是个刚入伍的新兵
笨手笨脚地趴卧在雪地上
怀抱一支长枪
枪尖准星上的靶面
早已千疮百孔，漫天风雪中
忽而清晰无比，忽而虚无缥缈
宛如初恋情人的面容
通过记忆的眼神
重又浮现在脑海
而怀里这支被焐热的长枪
像是她的胴体
仿佛她正在引导我
寻找、瞄准远去的她
枪内空空如也，没有一粒子弹
当我用冻僵的指头扣动扳机
前方的靶心
微微颤动

旧货市场

我看中了一个旧书柜
想把它买下来

曾经满满一柜子书
压得它喘不过气
现在，像个卸掉重担的人
内心也空空荡荡

我站在书柜前
仍听见纸张的窸窣
仿佛从前的主人
还在里面翻书

等他读完最后一章
抬头和我讨价还价
一柜子书作抵押
也赎不回散佚的光阴

手　表

我没有戴手表的习惯
冰凉的金属或塑料表带
缠绕我的手腕
如同时间的镣铐
让我变成人质

但这并不表明
我对自己所处的时间节点
不敏感、不关注
时常暗自发怔，好像
被卡在某个隘口

而表壳内的那个人
咔嗒咔嗒地走在
一条漫无尽头的路上

他永不会停下来
不喝水、不吃食物

不睡觉，也不做梦
他这样匆忙，分秒必争
带走我的一生

檐滴

那时，我们住在塆上老街
屋顶覆盖着隆冬的冰雪
室内很暖和。我们还年轻
儿子两岁了，穿着厚厚的棉衣棉裤
像个小圆球，特别可爱
趁我们不注意
他悄悄溜出门
站在屋檐下
用小脑袋承接檐滴
每当一颗冰凉透骨的水珠
滴在头顶，他就猛眨一下眼睛
好像在医院打针
我对这情景记忆犹新
年代更迭，冰雪消融
绵绵不绝的檐滴如同垂怜之针
悬在我们头顶

围　墙

几个小孩子
在院子里游戏

白玉兰盛开
嫁接的月季迎风怒放
伴随欢快的嬉笑
如同琴键上灵巧的手指
午后的阳光，敲击着花瓣

顶端插满玻璃碴的围墙
替他们挡住外面的世界

孩子们在院子里游戏
而我们在广阔的世界上
在超市、工厂、学校、医院
在狭长的瓦罕走廊、乌克兰的雪地
在列车和航班上
在墓园的雨中……

武昌醉酒记

——致易飞、耀汉、汉超、蔡茂诸诗友

除去年少轻狂，三十年了
你再没有醉过酒
你严守白酒不过三两的底线
仿佛那是一条三八线
越界了，就意味着沦陷
就要呕出五脏六腑的苦汁
来浇灌三千里江山
但今晚，你是在黄鹤楼下的武昌
是和诗友们在一起
东湖碧波荡漾，长江滚滚东流
将一向谨小慎微的你
推到自我局限的悬崖边
朋友们，请宽恕一个
三十年来未醉过酒的人吧
宽恕他与生俱来的懦弱
和今夜突然的放纵

朗诵者

轮到我登台时
观众都已离场，灯光熄灭
但那台伴奏的旧钢琴还在
一首小诗还在

麦克风握在手中
一束变幻的光柱
开始在空荡的大厅里
扫来扫去

在梦里，我聆听自己朗诵
我为朗诵者鼓掌
不忍他黯然退场

歌　声

铁路拱桥下
几位老妪坐在石墩上
合唱洪湖水浪打浪
火车从头顶隆隆驶过
盖住了湖水的荡漾

我恰好经过
而她们的歌已唱完
听见其中一位说：
我儿子死了三十年了
真快呀，就像一眨眼……

暮色笼罩，看不清她的脸
但能听出老妈妈的心平气和
似乎聊的是鸡毛蒜皮
火车已远去，铁桥
也平息了震颤

我走远了，身后的歌
复又响起，像在为谁送行
这城市万家灯火
这路上车来人往
这歌声经久不息

抽烟记

三十多年前
一间军营的宿舍里
七个兄弟夜不能寐
拥被闲聊，吞云吐雾
第八个是我
被呛得几乎窒息

抗议是无效的
像少年失去童真，我被迫
叼起人生的第一支烟

期间，我戒过多次
每次都无功而返
一种积习潜伏体内
夺过命运的方向盘
穿过阵阵烟雾
一路开往终点

无辜者

公园长椅上
一个抽泣的老妇人
夜色轻笼她颤抖的双肩
当我从她面前经过
压抑的哭声就像绊索
我停下来，犹疑间
意识到任何举措
都是冒犯，都不可原谅
就像某次旅途上
那个被扔在站台上的人
她一边挥手，一边追赶
加速离去的火车……
此时，她在这里现身
穿过漫长的年代，抵达暮年
内心的平静又被打破
我想开口辩白
互为陌生人，我从未伤害她
但我不敢肯定
自己就是个无辜者

空 巢

白杨树梢上的鸟巢
与四楼办公室的窗户齐高了
隔着一块透明玻璃
抬头，一个温馨之家

但这是个空巢
没有热乎乎的鸟蛋
辉映阳光和星星的裂纹
没有任何一只鸟
来此栖居，生儿育女

它们辛苦构建房屋
为何又弃之不顾
生离死别的故事烟消云散
大门始终朝天洞开
作为邻居，我等它们回家

我搔着渐白的鬓发

如窗外的树，一坐经年
人生好比一只鸟
既无来路也无归处
但有一个寄寓的空巢

浮 桥

荣教授已跨上浮桥
我紧随其后
踏着一块块
浮于水面的塑料方砖
像刚学走路的幼儿
水很浅，清澈见底
映不出我们踉跄的样子
人工挖掘的池塘
掀不起什么大风大浪
但仍须保持平衡
以防跌入渊薮
彼岸触手可及，教授忽然停下
仿佛踏浪前行的豪气
来不及舒展

庄园之夜

我们边喝酒边看表演
期间，有人献哈达、拥抱
巨大的仿蒙古包雅室
正适合庄园的男主人
施展他惊人的才艺
集主持人、舞者、歌手
脱口秀诸多角色于一身
将他的快乐分摊
给一拨拨客人
十多年如一日
夜夜笙歌，如同天山雪水
假如他的激情消失
他被掏空，厌倦了
最坏的结果只是冷场
这会儿，你看他多么投入
仿佛这套精彩节目
是头一次上演
而非反复炒了
几百上千遍的剩饭

莫愁女雕像前

她从两千多年前的风雨中
款款走向郢郊的湖畔
倾国倾城的美貌
抵御古老光阴的流矢
仰望她，我这颗
从未被美女滋润的心
荡漾如湖中碧波
她太高大了
给我和她拍合影的人
一直在往后退
像要逃回遥远的楚国

饰 品

老李挂住了一条大鱼
半小时未分胜负
我也想过过手瘾
抢过长竿，一股诱惑之力
几乎将我拉下水
忽然，“嘭”的一声
切线了，湖面上
它扫帚似的尾鳍
扇起一团炫耀的水花
如撤离时释放的烟幕弹
没料到剧情如此反转
我与老李面面相觑
垂钓的兴致消失殆尽
而那个侥幸者
将终生镣铐，浪迹江湖
当痛感慢慢消失后
挂在嘴唇上的钩
成为饰品

田野上的朴树

稻菽千重，如何走进
空旷的田野上
一棵孤单的朴树？

没有绳索般的炊烟
挑起错落的屋顶
邻家小妹远嫁他乡
父母长眠地下
云间一盏残月
与之做伴……

树底，沁凉的泥土里
盘根错节的手指
松开游子的惊梦

当我转身回望
空旷的田野上
那棵孤单的朴树

每片树叶宛如苔藓之瓦
翻卷亲人的容颜

观水上飞人表演

穿连体紧身衣的小伙子
借助一条高压水管
仿佛飞鱼，从水中跃起

几十米高的空中
他转圈、行走、空翻
潇洒自如，随心所欲

我由衷地竖起大拇指
我坐的堤坡，刹那
幻化成一团浮云

偶尔，只是在梦里
我也能挣脱沉重的肉身
腾空而起，漫步云端

但没有那么长的高压水管
支撑我，就算有
也是一根无形的绳索

林黛玉

月过西墙，寒鹊离巢
一个美丽的少女
死在一本书里

也可以继续活下去
像历朝历代的女孩子
委身酒鬼、赌徒、伪君子
士大夫、将军

继续填词、葬花
生养子女，直到红颜散尽
最后，委身一抔黄土
忘掉生死之恋
没有信物，不留痕迹

而死在一本书里
被经常翻开，会死无数次

难　堪

同乡小胡找到我
通报他女儿考上大学的喜讯
随便借走三千元交学费
二十多年杳无音信
但无论何时何地
我都担心遇见他
我感觉自己特别心虚
他那躲闪的眼神
和欲言又止的表情
令我难堪

谁是诗人

在一首悼念何锐的诗里
王家新这样写道：人群中
你一眼就能认出谁是诗人
据说何先生高度近视
随着岁月的流逝
他视力衰退
但眼光愈加犀利
到底谁是诗人
江湖浩渺，风起云涌
而先生累了，合上酸涩的双眼
终于可以释卷休息了
再也不必从蜂拥而至的
雪片般的面孔中
指认谁是诗人

流浪狗

一只断腿的小狗
独自流浪

我想抱它回家
洗净肮脏的毛发
再让它饱餐一顿
然后，去宠物医院
为它疗伤

这条街上，人来人往
只有一个人停下来
关注这可怜的畜生

这个人肯定不是我
我心存善念，但缺乏
某种有效的转化酶

雾

对岸也有雾
对岸的一幢幢高楼
腰部以下全都被雾掩埋
只露出摇摇欲坠的顶部
好像它们脱离了
基座、行人、车辆
殿堂、栅栏、墙和树木
雾将它们拦腰斩断
太阳出来后，又等了很久
那些飘起的高楼顶部
重新归位，与底下的部分
缝合得严丝合缝
迷雾脱掉白大褂
如下班的外科大夫

门

转钟一点，牌局散了
我匆匆爬上四楼
将钥匙捅进锁孔
嘿，转不动，门被反锁了
我知道是拜你所赐，你生气了
无数次的宽容换来最后残忍的一击
此刻的我，像张废牌
被你拎出来打掉
亲爱的，你怎么忍心
让我在如此寒冷的冬夜
手握钥匙却打不开
自家的门

玻璃幕墙

一堵脸色苍白的高墙
由此，获得了天空的湛蓝

有一次，我站在它跟前
好像在照镜子
镜中那个人
扭曲、变形，面目全非
像是大楼内
一个酷似我的人
正破窗而出

转 椅

半坐半躺在一把转椅上
那人随意扭动
一会转向墙壁
永不凋谢的寒意
模仿着积雪的无言
一会又转向窗户
外面四季轮流坐庄
行人车辆穿梭来往
都有各自奔赴的地方
闭上眼睛，他转呀转
说不定就转到
自己的背面……

冬泳者

江水没结冰
所以看不出它有多寒冷
远远地看见冬泳者
纵身一跃，跳入水中

等我走到他入水的地方
江滩上立着一辆破旧的自行车
后座上夹着他的毛衣和羽绒服

寒风吹得双颊生疼
吹散衣服里残存的余温
江心波涛间有个起伏的黑点
好个冬泳者，你在水里游
而我，仿佛跌入冰窟

假　如

行刑前，假如
刽子手动一点点恻隐之心
那么，这个十四岁的
倔强的山西小妮子
就不会身首异处
那么，她一样能苟活着
在饥饿和动乱中
发育，长大，嫁人
生下一串儿女
艰难地抚养他们
直到默默终老人间
但那口铡刀，咔嚓一声
斩断了后面的故事
她慷慨赴死的勇气
来不及
在漫长的余生
消耗殆尽

冻　雨

一月的冻雨在室外敲打
我在翻阅自己的旧作

不得不承认，这是一种折磨
曾经的青春篇章，已草草蹴就
留下的唯有悔恨

夜里，大雪纷纷
屋檐垂下的冰针
从梦中穿透，扎在纸上
宛如墓志铭
而我只能给这蹉跎岁月
挑一首揉碎的诗

米

颈椎病又犯了
朋友推荐了一套保健操
简单地说，就是用头写“米”字
面对虚空中悬浮的
一张无形的白纸
我的头就是一支笔
就是一支笔的秃笔尖
以颈部的隐痛为轴心
像一年级的小学生
反复抄写这个
我们赖以活命的汉字

纸糊的世界

给他白纸，给他钞票
给他写满字的书
账单也行，卫生纸也行

他稚嫩的双手
将统统撕碎它们

就算给他天空、云彩
给他山中的岩石
给他一堵墙……

上天每赐我们一个孩子
我们就得为他
准备一个纸糊的世界

航展馆

大厅里停满了
各种各样的飞机
我匆匆拍了一些照片
就被人潮挤了出来
坐在海边的长椅上
翻看刚才拍的照片
机头、尾翼
机舱、双翅……
没有一张是完整的
好像这些飞机
都被狭隘的镜头肢解了
再也飞不起来

红眼病

镜中，左眼球发红
是不是熬夜熬红的
抽烟时烟雾熏的
或者，盛夏的阳光
将其点燃了？

我不得不戴上墨镜
像个真正的红眼病患者
羞于这样面对众人

清凉的眼药水
仿佛甘霖，滴在
一个荒漠的星球

我闭上眼睛
仍然看见它
兀自旋转

烈 日

某著名诗人正在台上朗诵
身旁的萦之悄声道：
有一段时间没写了……
记得她曾经在微信上
和我说过类似的话：
“我真怕诗会离我而去”
仿佛一个痴情女
挽留她深爱的人
是的，诗就是个负心人
就像红岗山顶的烈日
暴晒我们毫无遮拦的面孔之后
兀自滚落青山

气　球

儒雅、矍铄的刘益善先生
宣布次要诗人第四届年会开始后
一千只气球同时升空
众人欢呼，我耿耿于怀
虚空茫无涯际
我亲手放飞的那一只
将飞往何处
陌生的朋友，如果你在飞机上
看见它在云端飘荡
那是寄给你的一封信

假想敌

早餐店里，红衣女子
边吃热干面边破口大骂
所骂对象好像有邻居、路人……
素食堵不住那张嘴
整个世界都在与她为敌
不得不一一撑回去
（店主悄声道：是个疯子）
一碗面总不见底
我起身赶去上班
像遇到一盏不灭的红灯
一直悬挂在前面
路太窄，车又多
冬天寒冷，盛夏酷热
一生漫长而又短暂……
这个弱女子，如何面对
世界古老的敌意

旧号码

中国移动该不该
将我弃用的手机号
重新卖给另外一个人

一串阿拉伯数字
仿佛一条铰链
缠绕、牵引我的生活
我就是它的人质

而后，它又绑缚了
另外一个人

头两年，找我的人
总把电话打给他
尽管彼此没有契约
他也得站出来
替我回答、解释、拒绝

有时，我也想拨打

那个熟稔于心的手机号
找回曾经的自己
——那个陌生人

暗　礁

此时，重提往事不合时宜
悲伤的情绪如同
一枚枚被摁在水下的葫芦
仍蠢蠢欲动
而海面风平浪静，甲板上
有人手搭凉棚，放眼远眺
我想着我们的余生
十年、二十年，只是短暂的一瞬
抵达任何一个地方
都不是我们的终点
途中，佐以美酒、歌唱
敞开心扉任风吹拂
当阳光在波涛上欢快地奏响
我还是忍不住悲从中来
仿佛，我是那水底的暗礁
而你的航船恰好经过
我既喊不出声来
也无法挪开

肥皂泡

东大街人行道上
我尾随一辆电动摩托
车尾，一个反向而坐的小女孩
在吹肥皂泡

阳光透过樟树树冠
将低空飞行的肥皂泡
映照得七彩斑斓
宛如一群翩跹的蝴蝶
朝我迎面飞来……

多么快乐、天真的小女孩
让一些肥皂泡，破在
一个陌生的
迟暮之人身上

鹦鹉之死

午夜回家，你的鹦鹉死了
凶手是条尼龙绳

地板一片狼藉
它拼命试图挣脱
结果越缠越紧，尖利的喙
猛啄自己的脚脖子
模仿壮士断腕

没有成功，最终气竭而亡
为什么它缺乏耐心
不愿像个伤兵那样静卧
等你回来解救？

它来这个笼子、这个家
六年了，如被宠坏的学龄前儿童
应付不了一根可紧可松的鞋带

溪　水

山麓下的小溪用心良苦
修行得如此纯净
沙、卵石、群峰的倒影
看上去涉世未深
多么无辜

我甚至不敢伸手一掬
仿佛每一滴水
都长着一片娇嫩的嘴唇

岸边落座
看一个六七岁的女孩
赤足戏水，仅及脚踝的深度
簇拥灿烂的阳光

溪水下山，终将汇入浊流
我注视过的女孩
请在发育成人之前

抬起你湿漉漉的小蹄子
朝我流逝的童年
踩上一脚

那足底的温暖和清凉
是我的沧桑

石　阶

雨还在下，伞下
略显惊悸的凝神
如一曲驳轮的长笛

沿堤坡的水泥台阶
浊流不断上涨
仿佛一群溺水的人
挣扎着，爬上来
既然大海遥不可及
再也无力奔赴
不如上岸，混迹市井

而两条坚不可摧的长堤
如一把老虎钳，牢牢夹住它们
怒涛翻卷，拍打石阶
像无法攀爬的人
在拍打楼梯

森林小屋

主人不怎么热情
对我们的唐突造访
算是一种自然的回应
他的狗、鸡、树木、苞谷
他挥霍不尽的负氧离子……
谈无可谈，告辞吧

返城途中，婆娑的树影
在前挡风玻璃上变幻莫测
我再次想起
那森林小屋

它似乎仍在身后
频频挥手，以凉风和鸟鸣
是的，时候不早了
大洪山的余晖中
最先暗下去的
是一双隐者的眼睛

你这是怎么啦

树上掉下一只幼鸟
落在街心公园的石子甬道上
恰好落在一个
散步的老太太跟前
她吓了一跳，继而俯身：
“你这是怎么啦？”
舐犊之情溢于言表
小家伙扑棱着，无力起飞
叫声悲戚。这是黄昏
鸟妈妈在园中盘桓、俯冲、惊叫
不敢下来营救
人们没有那么长的胳膊
将鸟儿送上树梢
梯子，锁在郊区工厂的库房
会爬树的男孩，一茬茬
长大，一茬茬离去

鱼 刺

晚餐时，一根鱼刺
卡在喉咙里
如一名铁血战士
守住谷底隘口，进和出
被它拿捏得死死的
喝醋、吞饭团、呕吐
都无济于事
社区卫生室的护士
借助额头的射灯
和一把锃亮的镊子
将其拽出坑道
我吐了几口血沫
将余痛全部咽下
幸好只是一根鱼刺
而非一个嗜血的词

彩票店

除了上班、吃饭、睡觉
他每天的必修课
是待在楼下彩票店
每月薪水的三分之一
献给阿拉伯数字
和它们神秘的排列组合
多少次失之交臂
一场场虚惊，花掉的钱
像转经筒上的手指
转变了这颗动荡的心
安稳的生活所求甚少
一张彩票足矣
它飘出天堂的云雾
掉在地上成为废纸
落在头上是一顶冠冕
和我们一样，从未气馁
他不是个嗜赌如命的人
但他期盼好运

孔雀

你不必抖开尾翼
取悦这些游手好闲的人
你和他们之间，隔着
一张漏洞百出的铁丝网
可以穿透，但无法逾越
他们和你之间
隔着另一个世界的藩篱
链接梦的翅膀
你的飞翔作为多余部分
被大脑的虚空删掉了
只留下尾翼，一匹
色彩斑斓的锦帛
最后一块遮羞布
遮裹着自身的余脉
开屏，开屏，你裸露私处
取悦于谁？

暴　雨

早上，趴在窗台
视野可及的街道
仿佛纵横交错的河汊
城市变成一只诺亚方舟
不知将漂往何处
生活犹如漂浮物
被流水浸泡、冲刷、淘洗
它将留下来，继续陪伴我们
看，那么多早起的人
蹚水及膝去上班、买菜
当洪水泄尽
我爱脚下的
每条小径和街道
它们饱受蹂躏
依然温顺踏实地
为我们铺展

书 墙

某名人工作室
一面雪白的墙壁上
摆满了一层层书
仿佛是这些书
默默承受屋顶的重量

我靠近浏览它们
不敢轻易抽出
其中任何一本
担心会留下一处空缺
将其分担的压力
转移给别人

一整面墙体的呻吟
不过是蚂蚁般的文字
在纸上喘息

我蹲下来，查看

最底层的一排书脊
每个汉字都端正、清晰
我还想看看高处
闲置已久的那些书
却没有梯子

写一首平庸的诗

写一首平庸的诗
来附和这平淡的一生
快意恩仇，那是别人的江湖
引吭高歌，也属别人的舞台
而我已默默走过半个世纪
像一颗早已离膛的子弹
还未抵达最后的靶心
沿途，我听见微风、细雨和小鸟
甚至连落叶也在吟唱
所以，应该写一首平庸的诗
来附和这平淡的一生

少　女

刺骨的寒风中
迎面过来一个少女
身着紫色风衣
额头光洁，双颊绯红
漆黑如缎的长发随风飘拂
宛若天仙下凡
擦肩而过的刹那
我嗅到淡淡的体香
陌生而美丽的少女
回头看见你远去的背影
我黯然神伤，仿佛是你
带走了我的青春

同学会

同学聚会的场面可真热闹
在豪华包厢里，酒是黏合剂
将几十人连成一个整体
围绕大圆桌不停地旋转
杯子们此起彼伏
要把记忆的深井舀干
可天下哪有不散的宴席啊
那就散了吧
“不行，一个都不能少
去流连忘返继续喝酒、唱歌”
于是，一群人蜂拥进歌厅
一群年过半百的人
只会唱那青春年代的歌
唱着唱着，就唱白了满头的青丝
当一曲欢快的旋律
刚刚奏响，我的脑海里
立刻浮现出，那几个
缺席者的容颜

办公楼

施工队已撤离
整栋大楼焕然一新
室内也如出一辙
墙面光洁，玻璃透亮

还是那几个人
那几副老面孔，依旧
从大门进出

你找到自己的位置
忐忑不安地重新落座
一股淡淡的油漆味
在空调的冷风中
若隐若现

办公桌已置换，桌面上
原先那条明显的划痕
不见了，似乎有人
刻意掩盖着什么

听大师讲座

某大师在台上侃侃而谈
每一句都很受用
就算上天格外开恩
再赐我三次人生
也达不到他的高度
著作等身的大师
看上去苍老、消瘦
想到他年复一年
从单薄的体内
不断往外输出
黯然之余，又替他担忧
当他掏空了自己
那深藏于血的矿脉
将留下一个多深的坑

话　别

重逢的寒暄也很俗套
你问我是从哪儿冒出来的
就像我一直藏身在洞里
刚出洞，就遇上故人

第一杯酒
必须一饮而尽，将那杯口
朝下，不让残余的雨点
像废话一样
喋喋不休

可我酒量大不如从前
苦于宿醉后的凄凉
肉体数度抗议主人

说什么呢，“话在杯中”
其实没有倾诉之言
仿佛我们各自的身体

只是一个玻璃器皿

它透明、易碎、布满裂纹
握在我们自己手中
注满某种液体
等着被清空

铁 轨

我从小就想当火车司机
托付这一生
唯有两行诗

婴儿、学子、士卒、贩夫
沉默不语的陌生人
掩面啜泣的伤心客……
无不通过这两行诗
回家，或者离乡

穿过起伏的大地
穿过桥梁、隧道、星空
穿过前世，或者来生

不分昼夜
车上的旅人，和我一起
反复推敲这两行诗
直到锃亮，直到
锈迹斑斑

偷菜的哑巴

天蒙蒙亮，公鸡打鸣
哑巴出门了
他敏捷地穿过弯曲的田埂
选择最浅的地方蹚水过河
到对岸村的菜地偷菜
直到从不远处
传来阵阵叫骂声
哑巴才兴奋地逃离
动作飞快，谁也追不上他
但今天不行，雾太大了
河湾里漫上来的雾笼罩着田野
哑巴无精打采地在菜地溜达
不时抬头看看对面村庄
没有一个人，也听不见任何响动
这缺乏互动的游戏多么无趣
哑巴孩子将一篮子战利品
全部倒进沟里，然后
坐在地上，委屈得哭了起来

一支笔

一支笔握在指间
面对白纸如同面对融雪
这支笔以其秃和尖
将距离拉近
当我把视角从纸面
调至手中之笔
发现不是一支普通的笔
它的造型是一位仕女
笔帽如发髻
腰身苗条、纤柔
古典的笑意从圆润、宁静的脸颊
回应我的凝眸
仿佛我写下的汉字
都出自她的授意
痛苦和欣慰，她照单全收
而我独享羞愧

旧外套

为一个躯体遮风挡雨
给一个人温暖

我穿的这件外套
是儿子寄回的旧衣
多次洗濯，缩水了
但套在我身上，仍然宽大

当我将其遗弃时
会有两个人影
逃出其怀抱
一件外套庇护两代人
犹如家传

自古都是子承父业
而我浪掷了一生
这是否是另外一种馈赠
借一件旧外套
完成移交

信 息

傍晚，收到一条短信
“云超，多年未联系了
你还好吗？我是李浩”
我拖着一张大网
在记忆的湖底潜行
结果一无所获
始终想不起你是谁
漫长的大半生
我结识过许多人
谢谢你还记得我
原谅我已忘了你

有关阅读

某中国诗人说他看不出
俄罗斯“两娃”的诗好在哪里
我不知他何出此言
阿赫玛托娃，任谁也不许玷污她
无与伦比的美貌
悲天悯人的慈母胸怀……
那年她辞世，另一个古老的国度我出生
我不知自己有没有资格终生都崇拜她
我想请那位口无遮拦的中国诗人
静下来读读她的《安魂曲》
或许他博览群书，早已翻过
但无动于衷，就像我读奥登
一直没有读进去，但
绝对是因我心智不够

辑二·离别之诗

离别之诗

我背起行囊
正准备出门，你说：
亲下娃再走嘛
待我回头时，你敞着怀
宝宝依在你怀里
闭着眼睛吃奶
他才三个月大，哪管我走还是留
但你眼角滑下无声的泪水
恰好滴在他的小脸蛋上
我的小宝贝，顿时
皱着眉，轻轻打了个寒战
他才三个月大，无意预测
我旅途的风霜

哭

窗外传来一个小男孩的哭声
那哭声里夹杂着某种得不到的诉求
所以越哭越凶，完全停不下来
旁边有大人在规劝、恫吓
都是老一套
我们再熟悉不过的把戏
你在你童年里哭时，我已经老了
我在我童年里哭时，你还在赶往人世的途中
请你停下来
听听那遥远的哭声

箱　子

儿子即将负笈远行
我买来一只大箱子
他妈妈就往里面塞东西
恨不得把自己也塞进去

我提着箱子下楼梯
好沉，仿佛里面装的不是日用品
而是某个人不可估测的命运
需要一只强壮的手臂
才能移动它

火车站，儿子从我手里
接过这只箱子，奋力将它拖进车厢
我空手往回走
也不觉得轻松

游　戏

记得儿子小时候
喜欢和我玩捉迷藏的游戏
门角、衣橱、沙发后
或者床底下
这些不可靠的藏身之处
总使他束手就擒
然后，我俩互换角色
我躲进一个隐秘的角落
连我自己都不明白的地方
我在暗处，眼看他四处寻找
直到白发苍苍
也找不到父亲

空　白

深圳八卦岭
某个画廊的展厅里
参加儿子叶斟阳的画展开幕式
我不担心冷场，因为
窗外电闪雷鸣，风雨交加
画廊老板热情的开场白
不乏溢美之词
她将这个年近三十的男人
推向展厅中央
面对记者的提问和镜头
当他开始侃侃而谈
我有些纳闷：这是我儿子？
那个可爱至极的三两岁小男孩
被稚气和童真永远留在记忆深处
而眼前这位故作高深、侃侃而谈的青年
分明就是个陌生人
仿佛中间的二十几年
是个巨大的空白，而且

随着光阴的流逝
无论用何物填充
这个空白的裂谷
都将越来越大

放学路上

几个背书包的小孩
沿河边的水泥栏杆
走走停停。其中一个
突然挥手指向河中央
哇哇大叫起来
小伙伴们都愣住了
沿他所指的方向，望过去
没有大鱼浮出水面
只见被撕裂的波涛
正慢慢缝合

秋　千

我和妞妞终于登上山顶
两棵桉树间
悬着一副秋千
七岁的妞妞爬了上去
宛如一只轻盈的蝴蝶

周日下午，刚做完作业
她就嚷嚷着要去爬山
像个小囚犯
终于等来放风的时刻
串串欢快的笑声中
她越飞越快，越飞越高

我的掌心却捏了一把汗
度过动荡的大半生
从未如此担心，如此害怕过
就像是我自己站在秋千上
来来回回晃了许多年
至今没能停下

四年时光恍若挥手

四年来
一共九位亲人
相继撒手人寰

就像频繁遭受空袭
留下一地残砖碎瓦
等你收拾得差不多了
头顶云层里，又一拨铁鸟
俯冲而来

所以说，我的生活并非一潭死水
波诡云谲，处处充满玄机
而四年时光恍若挥手
九位至亲排成一列纵队
仿佛九个敌人
依次穿过我

父　子

给父亲烧满七的时候
坟前，妈妈在哭诉
责怪他不该这么心急
死后才三十九天
就把她的小儿子带走了
眼见一前一后
青烟缭绕的两座新坟
跪在旁边的我
不知道怎样安慰
伤心欲绝的母亲
也无法替死去的父亲申辩
顺着母亲的思路
我似乎看见
那个陌生的世界里
一条晦暗的小路上
初来乍到的弟弟
一边匆匆赶路
一边沿途打听
父亲的消息

母 亲

他谈及母亲
大半生苦难深重
晚年终于云开雾散
芸芸众生，并不是每个人
都有这样堪称完美的结局
年逾九旬的老人家，耳聪目明
儿孙绕膝，仿佛一串串词语
烘托出一篇佳作的主题
但我，仍陷在她苦难深重的岁月里
无法自拔，唏嘘不已
就像江湖滚滚入海
也无法冲淡大海的咸涩
老妈妈，您晚年的幸福
能否抵消一生中
您所受的罪？

告　别

薄暮时分
列车抵达西安站
“爷爷，再见”
卧铺车厢拥挤的过道里
一个陌生的两三岁女孩
一边下车一边挥手
和我道别

回家的喜悦溢于言表
那么多昏昏欲睡的旅客
我幸运地被她选中了
多么偶然，我甚至来不及反应

她告别的是一段懵懂的旅程
是江南烟雨、中原沃野
是滚滚的长江和黄河
是一列火车所穿破的
云彩的衣裳

隔着车窗玻璃
就像隔着一堵古老的城墙
我目送她的背影
宛如一滴水，消失在夜幕下的人海

随后，在西安至兰州的列车上
望着窗外疾驰的夜色
想起那个陌生的小姑娘
西行路漫漫，我还欠
一次真诚的告别

墓 园

望着漫山遍野的墓碑
如同面对茫茫人海
生前，无论他们是什么样的人
最终，几乎都以同样痛苦的方式
告别人世，归隐地下
一小块黑暗作为容身之所
而坚硬笔直的大理石碑
替他们继续存活于世
替他们历经风雨
仿佛，在人潮拥挤的出站口
他们昼夜举着接站的牌子
而牌子上，刻着
他们自己的名字

雨夜送别

傍晚，下起瓢泼大雨
我驾车送儿子去天河机场
他稳坐后排，戴耳机听歌
我一手紧握方向盘，另一只手
捂着剧痛的右眼

不能揉，只能忍受
只能用独眼观察黑暗的道路
而眼中之砂
无法开口对他提及
就像我父亲，偶尔
聊他身体的不适
他一生所受的痛苦，而我
总是无言以对

一个小时的车程
几乎没有交谈
雨水冲刷这段空白

在我停车的刹那
他拖着行李箱
匆匆钻入候机大厅

没有惜别，没有拥抱
连彼此交换的眼神
也消弭于无情的漫天大雨

接　机

天河机场出站口
旅客鱼贯而出
妻子眼尖，一下子
就认出了三年未归的儿子
一下子扑上去
搂住他，生怕他
又飞走了

我在旁边暗自好笑
那个高大的小伙子
确实很像儿子

看她怎么收场
只见她满脸羞涩地退回来
不停道歉，像个犯错的小学生

好在儿子刚出来
一眼就锁定了自己的妈妈

而那个陌生的小伙子
还愣在原地
似乎仍被拥抱着

十六年

须发皆白的一代文宗欧阳修
一篇简短的祭文
写了整整十六年
还没有写成

十六年了，荒冢下
慈母的尸骨早已化为泥土
笔墨纸砚间，她的魂灵
缭绕、弥漫，宛如故园的炊烟

他害怕这篇千古祭文
写完了，母亲就真的离开了

题高中毕业照

这张摄于一九八四年的黑白照片
跻身于书柜的影集
已微微泛黄

不知为何将它翻出来
再次端详三十几个
年轻、稚嫩的面孔
找到自己并不难
难的是这样茫然的四目对视
这样不堪的重逢

屈指一算，四十年光阴
都溜到哪里去了
一个十八岁的乡村中学生
伴随绽放的盛世繁花
双鬓刹那霜染

诸多不甘，诸多悔意

就像微风拂过水面
不如合上影集，让它
如梦幻背影
退回黑白年代

梦见父亲

他死后两年多
我头一次梦见他。梦中
我提醒自己，一定要记住这个梦
记住梦中发生的一切
起床后，讲给妈妈听

梦中，我刻意观察父亲
重返家庭后的一举一动
他好像有所察觉
显得很不自在
转身又走了

开　关

上午，参加朋友母亲的葬礼
想起自己曾在短短四年内
接连送走九位至亲
那份刻骨的痛楚
如今，已荡然无存

晚上，和朋友们相聚
一起喝酒，聊天，唱歌
将片刻的欢愉
拖入夜深人静

所谓悲欣交集，不过是执念
就像心里某个地方
装有一个转换开关
扳动它的手指
从不听主人使唤

麻　药

手术后，大夫叮嘱我：
患者还在麻醉中
两个小时内
要时时喊醒她，否则
她可能会睡过去

感谢麻药，没有失效
给了我最宝贵的两小时
我俯近她的耳畔
不停地呼唤：妈妈、妈妈……
如同傍晚时，人群中
走失的一个儿童

妈妈没有张开嘴
只用低若游丝的鼻音
勉强回应她的长子
安眠的意愿如此强烈
总有一天，我的呼唤将失效

那是世上最好的麻药
无论病痛如何肆虐
肉体和血都很温顺
无论谁在篱笆外拍打
门总是紧闭，抵御门外的夜

悼　词

最后一个寒夜
父亲躺在殡仪馆

作为长子，我守灵
并且抑制悲伤
为明天上午的追悼会
起草一篇悼词

人生八十一载
化作只言片语
翻遍我的脑海
当哀乐停止，吊唁的亲友
安静地听我
把它念完

永别的时刻到了
他们遵循家乡古老的习俗
请来一位道士主持葬礼

根本不给我机会，父亲
就被推入火海

生死未卜

有个面色红润的老头
冬天早上出门，过马路时
晕倒在斑马线上
就再也没有醒过来
如此果断、干脆
省去了不少麻烦
三年了，父亲的这种辞世方式
我依然无法接受
他走得那么突然，仿佛
他以年迈之躯，好不容易
登上了一辆长途客车
途中，又被挤落下去
至今下落不明

木 马

马背上的小男孩
兴奋得哇哇大叫
身体夸张地上下抖动
仿若在旷野策马奔驰

小家伙
快骑上这匹马
悄悄溜出游乐场
开始一生的漫游吧
因为限定的时间
很快就将耗尽

婴　儿

每当在公园，在街边
看到别人怀里的
或者躺在手推车中的小宝宝
就会忍不住多看几眼
莫名的喜爱之情油然而生
“感谢每一个婴儿，因为他们
依然愿意来到这个世界”
这个我们不得不忍受的世界
这种莫名的情感
敲击我们顽石般的心
像某种单调而冗长的游戏
老之将至，而我们的爱
人世间尚无着落

小稀客

早上，母亲带三个年幼的孩子
搭便车回应城老家
天黑时敲外婆家的门

借煤油灯的微光
母女俩相拥而泣，三个小稀客
灰尘满面

洗净他们的是泼掉的清水
留下的是遗忘的回忆

半个世纪的光阴
从门缝里悄悄溜走
好听的歌已唱完
好看的文章
含在笔尖

无论你走多远

你仍是外婆家
那个拘谨的小稀客
坐在通红的灶膛前

理　由

父亲死后
年迈的妈妈一个人
住在城西四十平方米的公寓
仿佛一个刚毕业的中学生
开始学习独立生活

从我住的地方
步行二十几分钟
就可以到达，这条路
似乎被一双无形之手
拉成万水千山

我没有隔三岔五去陪她
好像担心过于频繁的见面
会产生某种损耗
殃及彼此的耐心

秋千上的母亲

陪母亲公园散步
走到一个闲置的秋千前
我极力怂恿年过八旬的她
玩一回儿时的游戏
当她颤颤巍巍坐上去
我扶着她轻轻前推
惯性又将她带回来
摇摆之间，她的白头
宛如秋风中飘荡的苇絮
妈妈，别怕
飘上蔚蓝的天空
白云一样了无牵挂
把晚年失伴丧子的苦楚
都抛在九霄云外
然后，像只欢快的小鸟
重新飞回来

和儿子通话

和儿子通话时
电话里头，小狗“油条”吠叫
好像在为不能心平气和
相互沟通的父子愤愤不平

我们的通话简短
万水千山，一笔带过

尽管已过而立之年
他在我的记忆里
仍停留在稚气的童年
不知是他，还是我
在那里耽搁得太久了

那只流落街头的小狗
被他抱回家，取了名字
小窝温暖，饭菜可口
一个男孩，从此

晋升为父亲

而我时常担忧
在他外出写生、旅行期间
成都西郊的一套公寓里
孤单的小狗“油条”
是怎样的度日如年

梦中，故乡的小巷

梦中，故乡的小巷
迎面走来小学同学小梅
你知道她早夭
但她的面容如此清晰
和小时候一模一样
你喊她的乳名
牵她冰凉的手
问她在那边
是否见过你的祖母
她老人家死在一个大雪天
火车停开，公路和机场封闭
你没有赶回老家
见她最后一面……
你委托小梅照顾她
小梅说：你放心吧
现在，我和奶奶相依为命
我是她的亲孙女……
梦中，你含泪目送她的背影

拐过福胜寺的灰墙
消失在夜色里

舅　舅

自知大限将临的他
给远方的亲人打电话

第二天，天气转暖
他挣扎着爬起来
坐在门口晒太阳
消失的力量重返麻木的四肢
死神就像一只乌龟
将伸出的头又缩回壳内

本来，他应该高兴
但想到大队人马
正赶在回乡奔丧的途中
失信于人的耻辱
让他痛不欲生

西河古渡

那时我们还住在垮上老街
一天傍晚，小巷里一阵喧闹
原来是隔壁张家的老姑
从台北回来省亲
姑嫂相见唏嘘，抱头而泣
两朵白云，两片岁末的雪：
“一别五十年啊
想起在西河古渡分别时
你怀着孩子
挺着大肚子，哭时
弯不下腰……”

我们的儿子三岁了
好奇心驱使他
从窄窄的门缝里
偷看这一部
上演了半个世纪之久的
人间悲喜剧

而他结结巴巴的转述
使尘封的往事
更加支离破碎

越 界

我们生活在内省小城
偶尔一起喝酒、打牌、闲聊
这样的聚会越来越少了
直到你死于癌症
最后一次聚会被推迟
年过半百，你仍有夙愿未了
所以远赴京城
去了大庆，去了克拉玛依
每次通话，你都在路上
好像还有无限远的路要走
要一直走到精疲力竭
要走到累倒在大地上爬不起来
要一直走进梦中，阴阳两隔
才发现自己越界了

致亡弟

如你所愿，最终
你回到老家的这片山坡
和父亲、祖母、祖父
以及先辈们在一起
如你所愿，山脚的杏花开了
洁白的梨花、粉红的桃花
漫山遍野金黄的油菜花
也将迎风怒放
鸡鸣声声，晨鸟啼啭
薄雾笼罩着村庄和田野
没有人会无动于衷
而我并不想叫醒你
看见你再次背井离乡……

后　院

吱呀一声推开后院的木门
一个黑瘦的男孩，扯起嗓子
喊妈妈回家吃晚饭
河边捣衣的母亲
那时还年轻，腰身纤柔
发梢滴着水珠
她端起木盆，踏上石阶
走进幽静的后院
月光渐渐照亮
她那隔世的脸庞

红 灯

十字路口的红灯亮了
几十辆扎白花的送葬车队
呈一字长蛇阵停下
领头的一辆中巴
抢在黄灯未灭之前
冲了过去，车内
坐着刚刚化为灰烬的人
遭受严酷的火刑之后
他委屈、愤懑，归心似箭
将一群执意相送者
远远甩在身后

辑三·旅行者

旅行者

湖心岛的竹林里
一条小径沿山势蜿蜒
能来这里散步是我的福分
陪伴我的爱人老了
陪伴我们的岁月依然年轻

竹影摇疏，鸟鸣婉转
湖面吹来凉爽的风
这时，我看见几个人
围住一根竹子在刻字
无非是：某某到此一游
我不认为他们是效仿古人
在石壁上题诗

我们的背包里只有面包和水
只有一本契诃夫
我和爱人交换了一下眼神
就离开了
这些带刀旅行的人

长　江

2022 年夏天
长江水位大幅下降
平常淹没的一段堤坡
一片滩、淤泥、砂砾
裸露出来，重见天日

岸边溜达的人
还可以继续往下
步入昔日的流水

斜坡、台阶、倒影……
也许，真有另外一种生活
随身附体，而被我们隐藏
百口莫辩，尽管
漩涡一个接一个

流水无情，卷走一切漂浮之物
别担心，母亲河

不会，也不可能断流
她瘦身，便于弯下腰肢
低头啜舐，一条
又长又深的创口

半山腰

结伴而来的一伙人
在半山腰争论不休

好在我孤身一人
顺着溪流的方向
在原始森林里拾级而下
我去天然氧吧，去看望一棵
五千岁的古银杏
和银杏附近零散的民居

屈从于向上的力量
所以，我必须降至谷底

往上攀登的人
当你们在山巅放眼远眺
我在谷底的雾里
向你们挥手致敬

在安陆钱冲

几个着汉服的少女
在一棵银杏树下拍照
树叶金黄，彩裙飘飞
这棵三千年的古树
更加生机盎然

一串欢声笑语中
暮秋与初冬悄然换岗
黯淡的年轮内
破茧而出的汉唐遗风
吹拂我苍发的两鬓

几个女孩舒展双臂
合抱粗壮的树干
眼看又一个轮回
即将合拢，而我
似乎也被围在里面

钟子山的桃子熟了

钟子山的桃子熟了
同学们相约微信群
一起去摘桃、打牌、喝酒
这类聚会确实令人神往
“少壮能几时，鬓发各已苍”
我们站在当年李白曾经漫游过的地方
漫山遍野的芳香沁人心脾
敏感的人觉察光阴的流逝
却忽略了眼前鲜活的细节
你们看：那累累果实
几乎将所有的枝丫压断
风一吹，就发出咔嚓咔嚓的声响
我的心，顿时无比沉重
但无人从我这里
移走多余的东西

赶飞机

飞机已经愤怒地助跑，起飞
划破厚厚的云层
而赶飞机的人
仍堵在路上
等红灯，在迷宫般的候机大厅里
拖着行李箱小跑
过安检，寻找登机口
他明知已经迟了
但仍然徒劳地履行着
这套必不可少的程序，仿佛
他不是为了搭上这趟航班
而是在拼命追赶
一个远去的空座位

飞机上

手机关了，再也不用担心
有人会打来电话
飞机在万米高空踽踽独行
宛如一只孤零零的蚂蚁
跋涉在茫茫戈壁
此去迢遥……瞧
窗外的云海多么平静
仿佛上帝随手撕下的一张白纸
飘浮在半空，遮盖着下界
那人世的山重水复

在安陆白兆山

山顶钟楼里
我使劲敲
那口倒悬的铜钟

敲给自己沉寂的内心
看它能否释放回声
敲给山下棋盘似的大地
花草、屋宇、禽兽、行人
不知能惊动谁

并驾齐驱的另一个山头上
耸立着李白的高大雕像
敲钟，敲给诗仙的石化耳朵
宿醉醒来已千年

请拔出你腰间的佩剑
替我挥向蹉跎岁月

雨刮器

从西北古老的三晋大地
赶往东南方向的云梦泽畔
多么像在写某个汉字
叫作“捺”的一笔
这一捺长达八百余公里
我独自驾车，仿佛
是我在执笔，黑夜里
雨夹雪负责磨墨
而前挡风玻璃上的雨刮器
整夜不停地来回摆动
仿佛两只黑板擦
不遗余力地清除着
沿途留下的笔迹

湖　畔

我们获准进入
一栋湖畔的别墅
门开着，小巧的会客厅
卧室、书房
门前月牙形的泳池
漂浮着落叶

我好像在此一住经年
每天推窗迎来湖光山色
俯首写就一部残稿
替本地女佣打扫落叶
掸去书架上的积尘
安坐在凉亭下
一把磨得黑亮的藤椅上

别墅的主人一直未归
我就一直在此等候
想把这魂牵梦萦的地方

当作一笔夙债

亲手还给他

篝火晚会

野餐时我们享用烧烤、烈酒
和深秋夜色的浓墨

草地上，有人架起柴堆
我们手牵手，围着篝火
又唱又跳
像一群飞蛾

这是白兆山脚下
山顶上的诗仙
下来吧，下来一起吟诵
一起痛饮千年的月光

靠近一点
让熊熊燃烧的篝火
消融你满身的寒霜

高铁南下，经过岳阳

高铁南下，经过岳阳
漫山遍野的竹子无一幸免
成建制地仆倒
每片竹叶都是护身符
冻雨，剥夺了它们的高风亮节

车窗外，山川之脸
苦寒而坚毅
岳阳楼在哪儿

冰雪消融后，摧折的竹
能不能重新站起来
不堪重负的岳阳楼
是否安然无恙？

苍茫中，好像有个孤单的人影
又跌跌撞撞爬上楼头
凭栏、临风，那是谁

在吟诵什么诗句？
犹疑间，天寒地冻的岳阳
已被远远甩在身后

夜航船

从长长的石阶而下
我们靠江边坐下，眺望
对岸的万家灯火

一艘逆流而上的夜航船
恰好开到我们眼前的江中央
吃水很深，桅灯忽明忽暗
它溅起的细浪
在我们脚下轻拍

虽然离得那么远
但它还是穿过了我们
仿佛怀着挥霍一空的热情
逆一江东流，从终点
返回的倦客

峨眉山上的锁

悬崖边的栏杆上
挂着数不清的锁
仿佛累累果实

能锁住什么呢
时光依然流逝
四季轮回、更迭
老去的人
在旅途上昏昏欲睡
恍然惊醒

这些锁注定永远紧锁
不再为门环或铁链服役
而死结也无需打开
钥匙，全扔在悬崖下
深不见底的山谷

只有蚂蚁和猕猴把玩过

串串锈蚀的钥匙
只有雨水和月光
试图擦亮它们

过武汉长江隧道

深夜，我独自驾车
穿武汉长江隧道
头顶，倒映万家灯火的江水
奔流不息。寒风中
似乎有条小船微弱的灯光
在脑海里浮现
莫非，有个人在驾驶着它
顺流而下或逆流而上
恰好从我的头顶擦过
他能否感知我的存在
我们不可能萍水相逢
但无意之中，共同执笔
在这座劫后重生的城市
画出一个巨大的“十”字
随即，又被夜色和浊浪抹去

飞越天山

群峰的锯齿来回扯动
它们在与天空较量
在向一个过客发出警告

机翼下，白雪皑皑
那不是你写作的纸张
可以随心所欲，留下污渍
所有的文字皆如锯屑
像雨，纷落
像雾，升起又飘散

终其一生，你虚度于低洼之地
生命的海拔降下旗帜
保持仰望的姿态

飞越天山，而我耻于
这样贪婪的俯瞰

东西汊湖畔

风很大，湖面烟波浩渺
浪头，不厌其烦地
捶打岸边的块垒

远远望过去
薄雾里隐现的跨湖高速
宛如一根漂浮的朽木
无数次驾车，从上面经过
却从未感受到
脚下的起伏动荡

岸边，一条破旧的小船
仿佛湖底伸出的舌头
嗫嚅、嘀咕、叹息
好像再也不能
载我们这代人，度过
惊涛骇浪的时代

树 桩

从林里
我们发现一只圆圆的大树桩
像谁画在地上的一个句号

弯下腰，拭去鸟粪、枯叶、尘土
把它当成一个小圆凳

你坐下来休息
我却想站上去
双臂舒展，犹如它的枝丫
满头华发俨然风中颤动的针叶

不过，就算将腰杆挺得笔直
也充当不了这棵树
被锯掉的部分

枯　树

一棵高大的橡树
从岸边倒向湖面
可怜它的根
至死不渝，仍紧抓泥土
将主人的身躯托在水面上
不跌入渊薮

我试着走上去
像踏在一座独木桥上
亲爱的，你站在岸边
看我颤颤巍巍
走向彼岸

多少年，我似乎都是
这样度过的，我将自身
托付梦幻泡影
和一座断桥……

然后，不得不

微笑着折身而返

登新绛龙兴塔

一百零八级石阶
可能没有什么意味
地形的差异如一把戒尺
量出千年古塔与市井的距离

寺内的碧落碑
也说明不了什么问题
无论皇子，无论庶民
谁不是母亲所生

碑面的篆字深刻
催促石头哭泣、流泪
无论多么难舍的离情
如今都已简化，被键盘和鼠标
雨打浮萍般敲击

塔顶冒出的青烟
早已随风而逝

自有明月当空，互证阴晴

而我进入塔内
无非是爬楼梯，十三层
登顶并非难事，下来后
两条腿酸痛难忍

这酸痛可就有意味了
它让我在塔下停步
让我想跪下叩首
此生，终归是戴罪之身

西行记

武汉至库尔勒
我乘坐的空中客车
黄昏时起飞

身后的世界正在沦陷
黑夜，潮水般紧追不舍
而前方光明的军团
呈溃败之势

飞机恰好赶上
这个关键的节点，飞在
犬牙交错的晨昏线上
多么像只筋疲力尽的候鸟
一头栽向漆黑的大地上
库尔勒机场如豆的灯火

转运石

天山脚下
古丝绸之路的隘口
围绕这块巨大的石头
我也转了三圈

然后停下，双手合十
口中念念有词

抬头看见，一只鹰
无声掠过荒凉的山脊
我赶紧将絮叨
咽回肚里

博斯腾湖之舞

阿依古丽
热情美丽的姑娘
如果时光倒退四十年
我会欣然接受邀请
站起来和你共舞

芦苇摇曳，画舫荡漾
远处，天山雪峰顾盼生辉
阿依古丽，热情美丽的姑娘
在博斯腾湖畔
清澈明亮的眼神里
那个西出阳关的少年
转瞬，化为一片远去的帆影

塔里木河

清澈晶莹的天山雪水
汇流成塔里木河
怎么流着流着
就变得如此浑浊？

水很深，水下
暗藏着漩涡
石头和沙砾不问沉浮
像一群赶路的沧桑少年

去神农架

有人提议去神农架避暑
平日冷寂的同学群
立即热闹如一锅开水

大家踊跃报名、议论
群情兴奋，好像
一支久违的旅行之歌
宛如天籁，被锅碗瓢盆奏响

我们站在神农顶上
清凉的风拂动斑白的鬓发
云雾缭绕，林涛阵阵
抓一把暮色
下木鱼镇佐酒，回忆
烟消云散的青葱岁月……

一个星期过去了
轮到组织者操办具体事宜：

日期、车票、旅行社……
群里如冰封
曾经露出的头，已然下潜

好像他们一直在内心深处
默默地旅行，走得太远
暂时无法赶回

塔克拉玛干

远远望去
如同北方广袤的原野
金黄的麦浪起伏

像一个拖拉机手
抑制不住内心的喜悦
我奔赴人生的丰收季

浩瀚的沙海必有尽头
谁将留下来，养百万只鸡
啄食沙砾

物 哀

当你在高速路上开车
或者坐在飞驰的火车上
你会发现
车窗外
山川、城镇、草木
云朵、星辰……
所有这些散布的物种
全都联合起来，结成同盟
成心与你背道而驰
它们急速地奔向身后
填充你离开的空白
而你将抵达的前方
已成它们的遗弃之地

当你停下来
它们也随之停下
伺机而动，彼此
就这样对峙

倒　影

一条时断时续的小溪
领我们入深山

我和沉默的岩石在一起
和葱郁的树木相依
白云始终悬在头顶
潺潺水声，鸟鸣
形影不离

清澈见底的潭边
当我临水俯身
岩石、绿树、云朵、鸟鸣
依然陪伴着我
并没有嫌弃我
只是一枚倒影

望远镜

拉开久锁的抽屉
一只黑色望远镜
蜷缩在角落

那个兴致盎然的年轻人
曾把它挂在脖子上
走过万水千山
但我没能把他带回来
旅途上，他收获的风景
都偿还给远方

现在，我真的不再需要它
观察稀薄的事物
一副老花镜微弱的光
照亮我来回穿行的小径

我会定期拉开抽屉
替那个远行的人
擦拭镜片上的浮尘

汉江之吻

我们在“汉江之吻”的匾牌下合影
照片很快发到群里
我认出后排的自己

只露出上半张脸
鼻梁下的部分
被一个女诗人的头
遮住了

我就用这半张嘴脸
面对镜头，面对
平畴如砥的原野
和深秋的暖阳

另外半张嘴脸
藏在阴影里，似乎在拥吻
江水滋养的绵绵情丝

位 置

湖边的一块巨石
刻着孟浩然的诗句
“气蒸云梦泽，波撼岳阳城”
但此地是云梦城
诗人范小雅带我们游梦泽湖
湖畔高楼林立
我偶然看见
楼群的倒影，仿佛
另有一座隐秘之城
湖水如数接纳，将市井生活
安排得波澜不惊
沉吟片刻，抬头看见湖畔
二十几层的阳台上
有个晃动的人影
忙家务，观湖景
品茶、小憩、发呆……
他是否知道自己
既在空中楼阁
同时，也在渊薮

分身术

高铁钻进隧道
仿佛有三辆列车齐头并进
我看见左右窗外
各坐着一个酷似我的我

光线与玻璃的媾和
使我顿具分身术，左顾右盼
朝他俩微笑、做鬼脸
我在逗弄我自己：
谁说你诸事缠身，无以挣脱？

高铁出洞了
酷似我的两个兄弟
隐于急速掠过的山水
我挥手与之告别，感谢他俩
跻身异乡岩层的陪伴

距　离

几个朋友约好一起爬山
山势不算陡峭，也绝非如履平地
爬着爬着，几个朋友
就渐渐拉开距离
而先行者踩落的石头
成为他们彼此联系的链条

过卯洞

碧绿的酉水奔流至此
便束紧腰身，一座山
像密林里窜出的蒙面汉
挡住去路

亘古的光阴流到这里
漫漫长夜转成旋涡
绝壁只手遮天
黎明的第一缕霞光
弯曲如重重树影

鲁工凿开的口子如弦月
容我们的画舫缓缓通过
所有人都跑出底舱
站在顶层甲板上
头顶沉重的岩板

距　离

人们从山顶
攀缘而下，蝼蚁般
麇聚在乐山大佛脚下

我是乘游轮来的
在三江汇流的激浪中
与端坐陡岸的大佛
保持一定距离

导游说，乐山大佛很灵
船停留的时间有限
赶紧祈祷、许愿吧

远远望去，雨雾中
大佛的样子有些悲苦
我不忍再祈求什么

知音谷

谷间多卵石
一线溪流断断续续
仿佛稀稀拉拉的队伍
从山顶逶迤至谷底

我想掬一把泉水
洗去脸颊的汗
但它已被骄阳点燃
蝉鸣似火，窄谷无风
一部厚书夹住我们
任流水反复吟诵

琴台远，弦已断
余生默默砍柴……
即将步出知音谷
而白纸上浩繁的黑字
不过是一只只蚂蚁

筹　码

来珠海很久了，一直没去澳门
有时，我也想去赌一把，试试运气
入夜，朋友手指一栋灯火大厦：
那就是著名的葡京赌场
多少人翻船的地方
说者无心，听者有意
霎时，我好像也置身
人头攒动的大厅里
一注未下，却输光了
所有的筹码

地　缝

沟底，乱石悄然不动
接受流泉的擦洗
飞瀑如飘散的绷带
从头顶落下
他们说这是地球上
最美丽的一道伤痕
袒露在大地母亲的腹部
没有一片云彩
可以用来遮盖
也没有任何一剂良药
能够将其治愈
走在恩施云龙地缝中
你就像一枚锈蚀的针
穿过两堵
撕裂的岩壁

过东湖隧道

一直下坡，开到最低处
可能就到湖中央了
这时，车内有人说
如果顶部塌陷，该怎么办
我紧握方向盘的手
不由得微微抖了一下
与此同时，封闭的天窗外
繁花盛开，垂柳依依
湖畔长椅上的人
盯着脚下的水位
莫名其妙地
浅了一截

高关水库

每次来高关水库
站在雄伟的大坝上
面对一片汪洋
我都在想：假如把水抽干
水位一点点浅下去
青山和白云收回自己的倒影
快要见底之时
数以万计的鱼儿
拼命地左奔右突
使得泥浆喷溅
场面尤为壮观、惨烈
仿佛时光退回五十年前
十多万应城籍民工
仍在底下热火朝天地
挖掘、挑土、喊口号……

峨眉山上

雨倒是停了
金顶上浓雾笼罩
仿佛挂着一把巨大无比的锁

能见度不足半米
远处的风物推开我们
所有的非分之想

坐在寺前台阶上
等一缕阳光穿云破雾
仿佛黑暗中，爱人
递过来一枚闪亮的钥匙

湖心亭

他们为什么把这三座
彼此依靠又彼此分离的亭子
建在观塘湖中
就像将三个孤儿
推入茫茫人海

多年后，孩子们长大
一支笔扭曲如垂柳
也写不尽他们的故事

而这三座亭，依然站在湖中间
没有一条栈道通向它们
亭子周围波浪起伏
仿佛岁月的稀释剂

到了哪里

在车厢靠窗的位置
坐着一位不算年轻的旅客
过一会儿，手机铃声响起
有人发来信息
询问到了哪里
旅客抬头凝视窗外
大片大片的山川、村镇、浮云
急速地滑向身后
仿佛倒流的潮水
动车越是提速
它们反而退得更快、更远
当两列火车猛然擦肩而过
如同置身于一场
血腥的拔河游戏中
他茫然不知自己
被拽向哪边

故　事

宜昌开往神农架的大巴上
伴随起伏颠簸的节奏
你复述你半生的传奇
因一次紧急刹车而中断
白云掠过窗外
往事停留下来

群峰寂寥
倦怠如过客

十年后，大巴
又一次在这里刹停
而你已不在人世
你的故事如一个时代的碑铭
依然立在途中
等我再次经过

下　山

从山顶
我搀扶一个崴了脚的人
步下长长的石阶

每一步都伴随一声呻吟
每一级台阶，都像
即将断裂的踏梯

他把大半个身体
靠在我肩上，特别沉重
好像有座山倾斜过来
压着我的同时
又支撑着踉跄的我

拍 照

喜欢拍照的人
从书卷里抽身而出
面对山水

一朵花悄悄站立枝头
一片云飘荡在蔚蓝的天空
远山的黛影含在雾中……

当你把镜头对准我
我顿时手足无措
就像置身于照妖镜中
这么好的山川风物
怎能为一个俗人
作背景和陪衬

草　兵

当我乘船
在江上航行
突然，大雾弥漫

看不见逶迤的两岸
也渐渐看不见脚下的流水
伫立船舷的我，仿佛一粒沙
沉入一篇虚构的章节

我下意识地摸了摸衣服
摸了摸衣服包裹的皮肉
似乎失去知觉，似乎
已成为一名草兵
只等万箭穿心

致昭君村的导游女孩

我跟在你身后
向山腰的家
一步一步上石阶
你的汉服、紫竹林
天井、阁楼、闺房
历经数代千年依然在目
终于回家，依然年轻貌美
银质话语在扩音器里
有寥廓山川的余音
记得你的人多，但认识你的人
都已离世，化作雾岚
萦绕故园的青山流水
我不清楚你是否还会离开
沿香溪入长江
踏上漫漫不归路
所以，我紧跟在你身后
一步步上台阶

白竹村的落石

原以为山峰沉稳
不会像树木随风摇摆
撒满尸骨的大地
足够我们行走、劳作、休憩
足够我们一生的平庸……
雨后，一块石头
仿佛一枚无法撼动的词
从山顶滚落下来
它被高度开除了
速降中伴随呻吟
回应南阳溪的涛声
我驾驶三十余年
终于在兴山白竹村
和它邂逅、寒暄
一场虚惊提醒我：
谷底的砂石、流水
以及诸多低垂的事物
自有其高度

雨中，登岳阳楼

八百里洞庭烟波浩渺
如一团浓墨，在风雨中
越磨越淡

翘起的飞檐
挑破暮春的雨帘
仿佛一串串省略号
敲打头顶的伞面

追随曾经登临的人
和被拍遍的栏杆一起
任逼仄的眼界
把自己推远

亲爱的岳阳楼
一个少年曾托付于你
如今，潇潇风雨中
他来赎自己

骑行者

——致洪波兄

你孤身一人，骑着单车
穿行在乡间小路上
仿佛一只疾飞的燕子
空气清新，流水淙淙
狭长的湖泊宛如湛蓝的丝带
缠绕在山间
夜晚，你在星空下扎营
吃最简单的晚餐，喝一点点酒
睡在小小的帐篷里
春去秋来，花开花谢
旅途如此漫长，似乎
总有一个远方，在频频招手
总有一个心愿需要了结
你孤身一人走出自我，仿佛雨点
终于自云中挣脱
落在大地上

风车拱廊

林中拱廊上
串挂着数以万计的
五颜六色的小风车
在这里散步
如同走进时光深处

哗啦、哗啦的旋转声
仿佛来自童年的呼唤
老去的旅途漫长
我还来不及以诗的韵律
向你们倾诉肺腑之言

让风暂停一会儿吧
将绳链上串联的花朵
套上我的脖颈

在南漳白马洞

骑一匹白马
穿过漫长漆黑的隧道

我不知自己为何而来
家国狼烟弥漫
经书和棋盘
溃散如蚁群

终于，遥远的隧道口
递过来一缕微弱的光明
仿佛先生抚琴的清风
捧出一轮明月

极目楚天，汉水长流
江山不容指指点点

请转告水镜先生，打扰了
我这就调转马头

从漫长漆黑的隧道
重返云雾缭绕的峨眉山

七彩瀑布

不该做客南漳
让香水河缠住不放
清凉的深山里
我曾吐出浊气
岩下的泉眼中
我再不敢
伸手一掬

幸亏我们来得迟
没赶上早晨的阳光
透过树丛和朝雾
投射在瀑布上，折射出
梦幻般的七彩之光

因为不配
我愿意永远错过
那至美的时刻

夜访蛇岛

我恳求老船长
绕岛三周后
再靠岸

仿生学意义上的缠绕
松了紧，紧了再松
这颗故作镇定的心
一直在体内
被潮汐孤岛般淹没

黑暗中，鸥鸟惊叫
拍浪礁石沉闷
执意登岛的人
晃动手电

那光柱像是从我们胸膛里
窜出的条条蛇影，扭动楚腰
消失于幽暗的灌木丛

三椁冢记

龙赛湖畔三个硕大的土包
静静躺卧了三千年
据探测，里面空空如也
黄土之下还是黄土

很少有人来凭吊
古老的时光日日翻新
冥币贬值，无从回购
我们都是有祖先的人
活在这世上
却如水面浮萍

三个空冢
如同三个阵亡的楚王卫士
仍在抵御历代的盗墓者
夜色揉面团，老母亲
散花如碎银

湖底淤泥与空中浮云
融为一体，又作鸟兽散
三椁冢里，你睡得可安稳？

辑四·铁桥

鸟　鸣

同游伍架山
你们几个在油菜花丛中
嘻嘻哈哈拍照
我悄悄溜进密林
恰好听见鸟鸣

叽叽喳喳的鸟鸣
使四周顿时安静下来
欢愉的时光，恍惚的片刻
抱着树干，我想起我写过无用的诗
我说过的废话……

也许到了那一天
什么话都不想说，也说不出
我抬起头，羞愧得仰面朝天
就像现在，一阵鸟鸣的雨点
恰好滴在我的脸庞

誓　言

观景台的石壁上
刻着五个字：君儿，我爱你
摩挲着字间的尘埃和苔藓
我想起那个名叫君儿的女孩
和她的男友
多少年前，他们相约
爬上云雾缭绕的山顶
在此拥抱，互诉衷肠
把世间最为真挚的山盟海誓
刻在山顶的石头上
然后，下山回人间
一年年地淡忘

婚纱照

婚纱照一直挂在卧室墙上
照片上两个年轻人
脸上仍挂满幸福的微笑
他俩很安逸，不必
风吹、日晒、雨淋
洁白的墙面有永远的暖巢

他们憧憬的幸福生活
在随后到来的岁月
逐渐得以显影：孩子出生
长期的两地分居、团聚
争吵、和解、白发丛生……
没有哪一样不像幻觉
没有哪一样
不打上真实的烙印

有时，尘埃漫上他们的面容
长期无人搭理他们

空寂的房间如旧时阁楼
人间任何一部悲喜剧里
都无他俩客串的角色

每当夜晚降临
他们居高临下地看着
另外两个人发出鼾声
在床上辗转反侧
梦的充电器连接着他们
几近耗竭的身体

和　解

他怒气冲冲无法克制
将门砰的一声带上
就让她去哭吧
让她像个溺水的小姑娘
独自流一宿悔恨的眼泪

假如从此不再回去
这积雪的长街
尚可以走到尽头
问题是，再也没有什么地方
可以去了，夜像井一样幽深……

漫无目的地逛啊、逛啊
不由自主地走到了
一个再熟悉不过的地方
抬手就敲门
“当、当、当”一共三下

“开门啊，我回来啦”
这柔若无骨的献媚之声
仿佛出自另一个热恋中
浑身颤抖的男人，听起来
连他自己都感到滑稽

铁　桥

黄昏后，沿一条穿城而过的铁路
他和她，相拥着往前走
将璀璨的万家灯火
远远甩在身后

他俩走到城外一座铁桥上
站在两根枕木间
不再往前走了

脚下是哗哗流淌的河水
头顶没有月亮照耀
也无一颗星星，多么漆黑的夜里
他俩紧紧拥抱着，几乎
成为密不可分的一个人

突然，一列鸣笛的火车
仿佛一把无情的利剑
从黑暗中直劈过来

慌乱中，他们急忙分开
各自站在路两旁
脸对着脸，看不见对方

婚　礼

宾客三千
婚礼组委会的花名册
翻动这个不眠之夜

酒店门前的广场上
一片仿真的紫色丛林
新娘身披洁白的婚纱
宛如天使，穿过梦幻的飘雪

据说这场婚礼耗资五千万
盛宴还是散了，客人全部告辞
一对新人即将搭乘波音飞机
远赴马尔代夫

而此刻，他俩仍滞留在
狭窄、喧闹的T型舞台上
三千双眼睛，如同六千盏灯
从不同的角度
同时照着他俩

窗外闪过那人的脸

窗外闪过那人的脸
眨眼就不见了
记忆的荧光屏顿时漆黑一片
莫非是幻觉
它来得真不是时候
天快黑了
室内的人欲言又止
揉着酸痛的双眼
仿佛刚从陷阱里爬起
抬头望，繁星点点，银汉迢迢
再也没有人送来一轮明月
供你摔碎
再也没有人捡起无数的碎片
黏成一面镜子
递到你眼前，让你辨认
若有若无的裂痕

一阵凉风

闷热难熬的夏夜
忽然吹来一阵凉风
它是从哪里吹过来的呢
人们都睡了
但有个男人裸着上身
恰好这时起床踱到阳台上
阳台的窗玻璃恰好开着
这阵风就吹到他身上
短短几秒钟，就停息了
此时，怎么会突然想起你
但愿你就是那阵擦肩而过的凉风
切莫长久地吹拂我

你的梦

你看房里的新娘子
还没有看清楚
一群亲朋好友涌进门
你忙着端茶倒水，招待客人
系上围裙，准备晚餐
切菜时，你倍感蹊跷
心想：他有老婆
怎么又要结婚
菜刀差点儿切破手指
你急忙跑进卧室
再看那新人，发现她
竟然不是你本人
你越想越气，气醒后
揪住枕边人的耳轮
将无辜的他
拽出梦的深渊

照 片

快三十年了，家里的相册数不清
你喜欢从书柜里
把它们抱出来，坐在沙发上
一本本地翻阅。你怀里
搂着旧时光，像搂着心爱的儿子

翻阅一本相册
如同一次马拉松式的长跑
反向的，从现在跑回过去
那些旧照片，仍立在原地
等你唤醒它们

我在无数个时光的路口等你
有时站在桥上，树下
有时在陌生城市的街头
或者黄昏的海边……
你喜欢给我拍照
拍时总要我笑一笑

嘴角挤出一丝笑意的瞬间
你就摁动快门，把它定格

从吊桥上走过

这些绳索足够结实
似乎比伴侣的手臂
更值得信赖

上来呀，紧跟着我
虽然后背你的尖叫如芒刺
恕我不便回头
牵你的手

此时，我们就是陌路人
找准肉身的重心，各自为战

走在晃荡的波光云影间
如同置身戏谑的岁月
如同我曾经的背叛

七　夕

那天傍晚
我去郊外散步
一个多小时后回家
抬头看见沙发上的妻子
用异样的目光瞅了我一眼
这一瞅，似乎点化了我
使我恍然想起
今夕是何夕，顿时
我无端心虚，好像
没在郊外散步
而是偷偷上了鹊桥

银　杏

去年，我和妻子去钱冲赏银杏
结果到早了，银杏叶还未转黄
跟山上其他绿树没什么区别
但我俩游兴不减
沿着蜿蜒的山谷
一路拍照、观景、听鸟鸣

今年，我们又来钱冲
但是迟了，银杏叶已落
寒风中，光秃的枝丫
仿佛枯槁、痉挛的手指
想要努力抓住些什么

我俩约定好了，明年
一定要准时赶到
但到底是哪一天呢
我想，山谷里历经沧桑的银杏树
始终会替我们保留着
那个美好的日子

蝴 蝶

三年了，老公
你要是想我和孩子
就变成一只蝴蝶飞回来
夜深人静，女人
在手机屏上涂鸦

这封信一经寄出
就将丢失，石沉大海的命运
折磨奈何桥上
来回徘徊的邮差

副驶座位上，谈笑自如的她
此时忽然缄默
任由两行清泪
滑出眼眶

精心营造的轻松、暧昧气氛
凝如窗外掠过的夜色

你下意识地检点自己的冒犯
而她递过来的手机
先佐证，再用手指点

这么巧，真有一只蝴蝶
撞死在前挡风玻璃上

红　唇

九十九个新郎排成一排
坏小子们一脸正经
如同司仪手中的提线木偶
同时拥吻各自的新娘
适时，蓄谋已久的灯光师
将一束彩色强光
如机关枪开火
从昏暗角落
扫射过来。新娘子们
挤压变形的红唇
像在流血

遗　书

远航前
写好请战书
还得修一封遗书

桌上一张雪白的纸
如同一面镜子
映出内心的大海

你想起遥远的故乡
含辛茹苦的父母
想起新婚久别的娇妻
和她怀里嗷嗷待哺的儿子

手中的笔有千斤重
仿佛一根巨大的铁锚
沉入波涛下黝黑的淤泥……

没有寄给任何人

返航后，你将这封遗书
烧给了自己

密　码

我发誓一整天都不理她
冷漠，谁不会
但早上上班途中
还是为她买了早点

中午，她递过来一张银行卡
难道想收买我
疑惑间，她吩咐我
去取钱发工资

我感觉自己真的被收买了
除了我，她不会和任何人
分享这张卡
分享这张卡的密码

书评

试图说出神的话语

——叶云超诗歌印象

李汉超

我认识叶云超是在20世纪80年代，那时诗社遍地，张敏创办丑璞诗社，将应城这个小地方的一帮年轻的诗歌爱好者聚在一起，读诗、谈诗、写诗。我在乡下，与他的交流并不多。后来得知他当了兵，还常在《解放军文艺》等报刊发表诗歌，成了一名小有名气的军旅诗人。再后来他转业回到家乡，经营石膏工艺品厂，开始一边办厂一边写诗的苦乐人生。虽同处一城，但各忙生计，偶有见面，也只能寒暄几句。

物以类聚，人以群分，真正成为诗友，是在四年前加入易飞创建的次要诗人诗社之后，我们一起参加聚会、采风、研讨、年会等相关活动，得以在诗歌话题上有了更多深入的交流。他的阅读面很广，读了大量中外文学作品，最多的当然是诗歌，特别是对中外当代诗歌名家的作品涉猎较多，甚至都能说出个一二来。这是个基本功，对于一个基层作者来说实属不易，也十分难得。

叶云超的诗歌，我读过不少，有些是他直接发给我的，有些是在公众号上见到的，还有一些是在报刊上读到的，集中读是在 2024 年国庆节期间。节前，他从自己写的一千多首诗歌中挑选出两百余首，结集成《窗外闪过那人的脸》，请我看看。我集中阅读后，觉得他写作功底扎实，生活体验充实，情感表达厚实，诗歌语言朴实。他在《有一种人》中写道，“有一种人，你一旦让他闲下来 / 他就手心发痒，就想写诗 / 试图以凡夫俗子的嘴唇 / 说出神的话语”，这首诗带有很明显的自况色彩，是他作为一个“劳苦之人”闲下来热爱诗歌的真实写照。在柏拉图主导的西方诗学理念中，诗歌被视为由神力开启的秘密之域，诗人则是通神者。而柏拉图指出，高明的诗人都不是凭技艺，而是因为他们得到了神灵的启示和附着。

从某种意义上说，真正的诗人都是深藏在凡夫俗子中间，并替神说话的那一部分人。俗话说，高手在民间，草根出神仙。神是一个宗教概念，其本义是天神，后被引申为一种超乎寻常、不可思议的力量。神肯定是不存在的，但那种神秘力量应该是存在的，我更愿意将它看作人身上的超然存在，只是有些人被唤醒而激活了，更多人的这种存在处于昏睡当中。一个人若能以心养善，以善养德，以德养人，活通透了，活明白了，他才有可能替神说话。神是不说话的，但常有暗示或指向，你若能从神那里获得启示，并能准确地说出来，那你就是一个诗人。在我看来，叶云超可能就是这样一个人，或者正在成长为这样一个人，从日常生活中司空见惯的事物或场景，试图说出想说但没有说出的话来。他的诗歌具备这样的气质，在人性、诗性和神性的交融之中，呈现出较好的情感力度和审美向度。

叶云超的诗歌大体分四类：亲情诗、旅行诗、物事诗和婚恋诗。我读到的第一类诗是他的亲情诗，以父母、兄弟、夫妻、子女为抒写对象，写出诗人与他们相互关系中隐秘的那一部分，无奈、伤痛、隐忧，以及渗入肌肤与骨髓的深情。面对亲情，更多的人在时光的磨砺中显得麻木冷淡，而诗人总是保持一颗敏感的心，去感受所经历的一切。先看《箱子》一诗：

儿子即将负笈远行
我买来一只大箱子
他妈妈就往里面塞东西
恨不得把自己也塞进去

我提着箱子下楼梯
好沉，仿佛里面装的不是日用品
而是某个人不可估测的命运
需要一只强壮的手臂
才能移动它

在火车站，儿子从我手里

接过这只箱子，奋力将它拖进车厢
我空手往回走
也不觉得轻松

诗歌总是以其独特的韵味与真挚的情感，成为跨越时空的心灵桥梁，《箱子》是一首关于爱与离别的深情之歌。它以其质朴无华的语言，勾勒出一幅动人心弦的画面，将父子间深沉的爱与离别的酸楚，细腻而深刻地展现在读者面前。儿子远行，“我买来一只大箱子”，这不仅是对儿子离家的直接叙述，更是对家庭生活中一个重大转折点的预示。箱子，这一日常用品，在此刻被赋予特殊的意义，它成为连接家庭与远方的媒介，承载着父母对子女无尽的牵挂与期望。妻子“往里面塞东西 / 恨不得把自己也塞进去”，这句话以极度的夸张手法，生动描绘母亲在子女即将离家时的复杂情感。她试图通过填满箱子来表达自己的不舍与关爱，每一个物品都仿佛是她情感的寄托，希望能在儿子远离的日子里，给予他温暖与慰藉。这种心理描绘，更是将母爱之深之切，展现得淋漓尽致。诗人提着沉重的箱子下楼梯，“仿佛里面装的不是日用品，而是某个人不可估测的命运”，这是从父亲的视角出发，通过“好沉”的箱子，隐喻儿子未来的不确定性与沉重。父亲的手，不仅提起了装满物品的箱子，更承载着对儿子未来的担忧与期望。他深深感受到，儿子的征途充满未知与挑战。上火车时，儿子接过箱子，“奋力将它拖进车厢”，这一幕，是离别的高潮。儿子接过来的“箱子”，不仅是接过一份物理上的负担，更是接过属于自己的责任与未来。他“奋力”拖箱的动作，展现出他面对未来挑战的决心与勇气。而诗人“空手往回走”，虽看似轻松，实则内心波澜起伏。这份“不轻松”，源自对儿子独立成长的欣慰与不舍，也源自对未来不确定性的忧虑与思考。我们可以从中看到，在人生的每一个重要节点上，爱与责任是如何相互交织，共同推动着一个人前行的脚步。箱子虽小，却承载了家庭的温暖与期望；离别虽苦，却也是成长的必经之路。最终，这份爱将化作无形的力量，伴随着子女在人生的旅途中勇敢前行。

再来看《父子》一诗：

给父亲烧满七的时候
坟前，妈妈在哭诉
责怪他不该这么心急
死后才三十九天
就把她的小儿子带走了
眼见一前一后
青烟缭绕的两座新坟
跪在旁边的我
不知道怎样安慰

伤心欲绝的母亲
也无法替死去的父亲申辩
顺着母亲的思路
我似乎看见
那个陌生的世界里
一条晦暗的小路上
初来乍到的弟弟
一边匆匆赶路
一边沿途打听
父亲的消息

这首诗以一个儿子在父亲“烧满七”之日坟前的所见所感为线索，缓缓铺陈开一幅关于生死、亲情与离别的画面，让人读之动容，思之入心。“他不该这么心急 / 死后才三十九天 / 就把她的小儿子带走了”，父亲的坟前，母亲的一句“哭诉”与“责怪”，以一种直击心灵的方式，将读者带入一个充满哀伤与不舍的场景之中。母亲的哭诉，不仅仅是对命运不公的控诉，更是对失去至亲的痛彻心扉。“三十九天”，对于生者来说，是短暂的，却让另一个鲜活的生命戛然而止，更显生命的脆弱与无常，让人不禁感叹世事难料，情深缘浅。我“不知道怎样安慰 / 伤心欲绝的母亲 / 也无法替死去的父亲申辩”，将画面从个人的情感抒发转向更为广阔的家庭悲剧。“两座新坟”，象征着父子两代人生命的终结；“青烟缭绕”，既是祭祀的仪式，也是哀思的寄托。儿子跪在坟前，面对着母亲的无助与绝望，他的内心同样充满痛苦与挣扎。他既无法用言语安慰母亲那颗破碎的心，也无法为父亲辩解，因为生死之事，本来就无法由谁来掌控。顺着母亲的想法，诗人仿佛看见弟弟在阴间“晦暗”的小路上，“一边匆匆赶路/一边沿途打听/父亲的消息”。在这里，诗人巧妙地运用想象，将读者的思绪带到一个超现实的境界。在那里，弟弟与父亲虽同处阴间，但因为一先一后已经走散，那份寻找实际上是生者的牵挂与亲情的延续。“晦暗”，象征着未知与艰难。这一幕，不仅是对父子深情的深刻诠释，也是对生命不息、爱永存的美好愿景。生离死别是人世间的常态，但这种跨越生死的亲情总能带给我们前行的勇气和力量。

《接机》中，“而那个陌生的小伙子/还愣在原地/似乎仍被拥抱着”，以妻子误抱的尴尬，简练地勾勒出一幅温馨而又略带诙谐的生活画面，深刻展现亲情的珍贵与母爱的微妙。诗人巧妙地运用场景转换与人物心理的细腻刻画，让读者仿佛置身于天河机场那熙熙攘攘的出站口，共同见证一场关于爱与误会的温馨邂逅，一起感受到一股温暖人心的爱的力量。《秋千》中，“就像是我自己站在秋千上/来来回回晃了许多年/至今没能停下”，从七岁的妞妞荡秋千，想到自己“动荡的大半生”，诗人反思自我，内心充满着焦虑与不安。《墓园》中，“仿佛，在人潮拥

挤的出站口 / 他们昼夜举着接站的牌子 / 而牌子上，刻着 / 他们自己的名字”，望着“漫山遍野的墓碑”，诗人陷入对生与死这一宏大命题的沉思之中。在亲情诗中，叶云超总是能在充满人性的深情抒写中呈现诗性的光亮，并让人感受到一缕神性的光芒。

叶云超的第二类诗是旅行诗。旅行诗是不好写的，大多是风景的描绘，或是导游的复述，流于表面，没有个性，陷入公共经验与大众文化之中。近些年，他到过许多地方，绝不是平常人的浮光掠影、走马观花，每到一处，他都沉浸其中，身体在风景里游走，心的触角在感知万物，从而获取深度的情感体验与人生感悟。请看《旅行者》一诗：

湖心岛的竹林里
一条小径沿山势蜿蜒
能来这里散步是我的福分
陪伴我的爱人老了
陪伴我们的岁月依然年轻

竹影摇疏，鸟鸣婉转
湖面吹来凉爽的风
这时，我看见几个人
围住一根竹子在刻字
无非是：某某到此一游

我不认为他们是效仿古人
在石壁上题诗

我们的背包里只有面包和水
只有一本契诃夫
我和爱人交换了一下眼神
就离开了
这些带刀旅行的人

《旅行者》勾勒出一幅既宁静致远又略带反思意味的旅行画面，引领读者穿梭于自然之美与人文之思的交界处。诗的开篇“湖心岛的竹林里 / 一条小径沿山势蜿蜒”，立即将读者带入一个远离尘嚣、静谧幽深的自然世界。竹林、小径、山石，这些元素共同构建一个清新脱俗的空间，为后续的叙述铺设宁静而深远的背景。诗人以“能来这里散步是我的福分”一句，直接表达对这份自然之美的珍视与感恩，同时也暗示旅行不仅是身体上的移动，更是心灵的归宿与洗礼。“陪伴我的爱人老了 / 陪伴我们的岁月依然年轻”，这一句深情而富有哲理，展现诗人对爱情的深刻理解和对时间的独特感悟。在岁月的长河中，人的容颜或许会老去，但那份相知相守、共经风雨的情感，却如同这不变的竹林与湖面，永远保持着青春的活力与纯净。这种对爱的颂扬，不仅是对个人情感的抒发，也是对人类普遍情感价值的肯定。一群游客在竹子上“刻字”的一幕，打破原有的宁静与和谐，将现代文明中的陋习与破坏性行为引入诗中。诗人通过对比“效仿古人在石壁上题诗”的高雅与“带刀旅行的人”的粗俗，表达对当前社会一部分人缺乏敬畏之心、随意破坏自然环境的批判。同时，也提醒我们，在享受自然之美的同时，应当时刻保持对自然的尊重与爱护。诗中自然之美与人为破坏的对比，老年之爱与青春岁月的对比等，增强了诗歌的张力与深度。此外，竹子这一元素在诗中不仅作为自然景观的一部分，更象征着坚韧不拔、高洁自持的精神品质，与那些随意刻字的行为形成鲜明对比，进一步凸显诗人的价值取向与道德立场。

再来看《树桩》一诗：

从林里
我们发现一只圆圆的大树桩
像谁画在地上的一个句号

弯下腰，拭去鸟粪、枯叶、尘土
把它当成一个小圆凳
你坐下来休息

我却想站上去
双臂舒展，犹如它的枝丫

满头华发俨然风中颤动的针叶

不过，就算将腰杆挺得笔直
也充当不了这棵树
被锯掉的部分

在幽深而神秘的丛林深处，当阳光斑驳地穿透密集的树冠，洒落一地光与影的交错，我们偶遇了一个静默的守望者——一只圆圆的大树桩，它静静地躺在那里，仿佛是大地母亲胸前一枚遗落的勋章，又好像是谁不经意间在地面上勾勒出的一个深邃的“句号”，宣告一段辉煌生命的暂时休止。这树桩，不仅是自然界中一个普通的存在，它更像是一本无字的书，记录着过往的风雨沧桑，每一圈年轮都是时间的低语，每一道裂痕都是生命的痕迹。人们弯下腰，轻轻拂去覆盖其上的“鸟粪、枯叶、尘土”，仿佛是在为一位老友拂去岁月的尘埃，让它重新焕发出一种质朴而宁静的美。在这一刻，树桩被赋予新的角色——一个简单却温馨的小圆凳，邀请着疲惫的旅人停下脚步，坐下来，让心灵得以片刻的休憩。然而，对于不同的灵魂而言，这树桩所激发的情感与想象却各不相同。你，或许选择坐下，让身体与大地相连，感受那份来自自然的宁静与安详，仿佛整个世界都慢了下来，只剩下心跳与呼吸的和谐共鸣。而诗人，却在这份宁静中看到另一种可能——我渴望站上去，双臂舒展，仿佛要重新成为那棵参天大树的一部分，让心灵随着想象的翅膀，在蓝天白云间自由翱翔。那“满头华发”，在微风中轻轻摇曳，宛如风中颤动的针叶，虽已历经沧桑，却依然坚韧不拔，向往着曾经的辉煌与自由。但现实总是那么清醒而残酷，即便“我”如何努力挺直腰杆，如何伸展双臂，都无法再成为那棵树被“锯掉的部分”。这不仅仅是一个物理上的不可能，更是对生命无常、时间不可逆转的一种深刻体悟。树桩，作为树木生命旅程中的一个断章，它提醒我们：生命虽短，却应珍惜每一个当下，无论是辉煌还是落寞，都是构成完整人生不可或缺的部分。同时，树桩也象征着生命的顽强与希望。即便被砍伐，它的根系或许仍深埋地下，等待着春天的到来，或许在不久的将来，新的生命将从这看似死寂的躯壳中破土而出，绽放出更加灿烂的光彩。《树桩》是关于生命、时间与希望的隐喻。

在《雨中，登岳阳楼》中，“一个少年曾托付于你 / 如今，潇潇风雨中 / 他来赎自己”，诗人将登楼变成一段心灵旅程，它不仅描绘自然之壮美，更深刻地触及人心深处的记忆与追寻，是一次穿越时空的情感对话，也是一次在潇潇风雨中的自我救赎之旅。在《玻璃栈道》中，“每一步，踩得多么稳 / 又像踏空了”，诗人面对“万丈深渊”时的小心翼翼与惶恐不安，实际上是对自己人生之路的一个寓言。在《塔里木河》中，“水很深，水下 / 暗藏着漩涡 / 石头和沙砾不

问沉浮 / 像一群赶路的沧桑少年”，诗人站在河边，面对清澈与浑浊，思考的却是岁月的沧桑与生命的真谛。叶云超的旅行诗往往不过多描绘风景，常常是寥寥几笔带过，不是停留在“入乎其内”上，而更多的是“出乎其外”，不是冷眼旁观，而是将自己“代入”其中，在贴近的情感观照中，写出丰富而复杂的生命体悟与人生况味，诗性充沛，神性自然也寓于其中。

叶云超的第三类诗是物事诗。对一个事物或一件事情的书写，在他的诗写中相对较多。写这一类诗，诗人要取一个独特的角度切入，否则就会流于一般。他写物的诗不是常见的那种咏物诗，体物不咏物，只是将物当作引子，从物上生发开去，写出深层的人生体验。他写事的诗不局限于事本身，而是从事上巧妙荡开，勾连出自己更丰富的生活经验与感悟。他这样写《潜水的野鸭》：

我看见其中一只
悄悄游离同伴
忽然，头朝下，屁股朝上
扑通一声扎了下去
一直没有露头
同行的人走远了
我还站在原地未动
我要等那只游离同伴

独自沉潜的鸭子
浮出水面，看它一口气
到底能憋多久

这首诗以“野鸭”为引子，实则勾勒出一幅关于孤独、探索与等待的深刻画面，引人深思。“我看见其中一只 / 悄悄游离同伴”，开篇即以一种细腻而敏锐的视角，将读者的注意力聚焦于一只与众不同的野鸭身上。这不仅是对自然界中一个细微事物的观察，更是对人类社会中个体选择与集体行为差异性的隐喻。悄悄游离，既是物理空间上的移动，更是心灵深处对独立与自由的渴望与追求。“忽然，头朝下，屁股朝上 / 扑通一声扎了下去”，这一连串的动作描写，简洁而富有力量，瞬间将场景推向高潮。野鸭的这一举动，充满决绝与勇气，仿佛是对未知世界的一次勇敢探索，也是对自我极限的一次挑战。这一“扑通”声，不仅是水面被打破的声响，更是内心深处激情与决心的爆发，让人不禁为之一振。接着诗人“站在原地”等待它的“露头”。这里的等待，超越简单的时空范畴，成为一种精神的坚守与期待。诗人选择留下，不仅是对那只潜水野鸭安危的关切，更是对未知结果的一种执着追求。这种等待，是对生命奥秘的好奇，是对个体潜能的信任，也是对生命旅途中那些看似平凡却又充满无限可能的瞬间的珍视。“看它一口气到底能憋多久”，这最后一句富有深意，既是对物理现象的直接描述，也是对生命哲理的深刻揭示。野鸭的潜水，象征着人在面对挑战与困境时的自我深潜与超越。诗人期待看到的，不仅是野鸭的归来，更是对生命韧性与潜力的见证，以及对自我成长与蜕变的期许。在人生的长河中，每个人都可能是那只悄悄游离的野鸭，面对未知与挑战，选择勇敢地潜入深水，去寻找属于自己的未来。

他以《米》为题这样写做保健操：

颈椎病又犯了
朋友推荐了一套保健操
简单地说，就是用头写“米”字
面对虚空中悬浮的
一张无形的白纸
我的头就是一支笔
就是一支笔的秃笔尖
以颈部的隐痛为轴心
像一年级的小学生
反复抄写这个
我们赖以活命的汉字

这首诗以一种意想不到的方式，将日常生活的琐碎与身体的疾病巧妙结合，不仅展现一种生活的哲思，还蕴含对健康与生存的深刻反思。诗人以“米”字为线索，构建一个既具象又抽象的画面。米，作为中华民族饮食文化中的基石，象征着生命的基本需求与生存的根基。诗人巧妙地借用这一日常元素，通过“我的头就是一支笔/就是一支笔的秃笔尖”，将个人的身体——特别是颈部这一因颈椎病而疼痛的部位，转化为书写的工具，既是对身体局限的幽默自嘲，也是对生命韧性的深刻表达。在“面对虚空中悬浮的/一张无形的白纸”上，诗人以颈部的隐痛为轴心，反复书写“米”字，这一行为不仅是对身体疼痛的应对之策，更是对生命之“米”的反复咀嚼与深刻领悟。“米”字操，简单却富有智慧，诗人以写“米”字的形式，将枯燥乏味的康复训练转化为一种富有诗意的行为艺术。在这个过程中，每一次头部的转动，不仅缓解颈部的紧张与疼痛，更仿佛是在进行一场心灵的瑜伽，让人在身体的舒展中找到内心的平静与安宁。颈椎病与保健操的相遇，共同讲述一个关于生存、健康与自我疗救的故事，不仅是一次文学与生活的跨界对话，更是一次心灵与身体的深刻交流。它们以各自独特的方式，提醒我们要珍视生命，热爱生活，更要珍惜粮食。

在《孔雀》中，“开屏，开屏，你裸露私处/取悦于谁”，诗人用一个诘问，将全诗推向高潮，也引发读者深刻的思考。孔雀开屏，本是自然之美的展现，但在这里，却成了一种无奈的自我暴露与取悦。诗人以此质问，不仅是对孔雀命运的同情，更是对人类社会中普遍存在的自我价值迷失与迎合心态的否定与批判。在《林黛玉》中，“而死在一本书里 / 会被经常翻开，不得安眠”，诗人深刻捕捉林黛玉这一文学形象的精神内核，并对她的命运进行了富有哲理与现代感的解读，不禁令人长吁短叹。在《也说喝茶》中，“我的渴如同干涸之井 / 隐藏在这广袤的人世 / 而云雾缭绕的一座座葱郁茶山 / 在杯中沉浮不定”，诗人喝茶喝得与众不同，他“喝”出了人生的独特滋味与不确定性。叶云超写物事诗，总是将自己的主观感受寓于客观存在之中，从而让诗意从人性出发，经过诗性的淬炼，最终力求抵达神性。

叶云超的第四类诗是婚恋诗，虽然见到的不是太多，但也值得一说。写这类诗，必然会涉及诗人的婚恋观，有什么样的婚恋观，就会写出什么样面貌的诗来。据我了解，他的婚恋观是正统的，对爱情与婚姻是忠贞不渝的，年轻时候以诗为媒获得的爱情及其婚姻，经受住了时间的考验与岁月的风霜，至今仍是春暖花开、姹紫嫣红，过着幸福美满的家庭生活。他的这类诗歌中，充满了对美好的追忆，和对爱情的警醒与忧思。他在《誓言》中写道：

观景台的石壁上
刻着五个字：君儿，我爱你
摩挲着字间的尘埃和苔藓
我想起那个名叫君儿的女孩
和她的男友

多少年前，他们相约
爬上云雾缭绕的山顶
在此拥抱，互诉衷肠
把世间最为真挚的山盟海誓
刻在山顶的石头上
然后，下山回人间
一年年地淡忘

这首诗以简练的语言与深邃的情感，勾勒出一幅跨越时光、定格于山巅的爱情画卷，让读者在字里行间感受到那份既纯粹又略带伤感的情感波动。每一个场景、每一个细节，都是诗人想象的产物，让人不禁沉醉其中，思绪万千。“观景台的石壁上 / 刻着五个字：君儿，我爱你”，这简洁而直接的文字，瞬间将我们带入一个充满浪漫与神圣的空间。这五个字，是情感与记忆的载体，它们穿越时空的阻隔，静静地诉说着一段过往的爱情故事。诗人“摩挲着字间的尘埃和苔藓”，仿佛能触摸到岁月留下的痕迹，感受到那份历久弥新的深情。随着诗人的笔触，我们能够看到多年前那一对年轻恋人的身影。他们满怀激情与憧憬，相约攀登那座云雾缭绕的山峰，只为在最高的地方，向彼此许下最真挚的誓言。山巅之上，云雾缭绕，如同仙境一般，为他们的爱情增添了几分神秘与庄重。在这里，他们紧紧相拥，互诉衷肠，将世间最为真挚的“山盟海誓”，永远地镌刻在了这坚硬的石壁之上。然而“下山”之后会怎么样呢？他们回到烟火人间，面对着生活的琐碎与挑战，时间的流逝逐渐冲淡那些曾经刻骨铭心的记忆。或许是因为生活的压力，或许是因为彼此之间的误解与摩擦，那份曾经的山盟海誓，在日复一日的平淡中渐渐被遗忘。在诗的结尾，我们似乎能够听到诗人内心深处的低语：无论时光如何流转，无论世事如何变迁，那份刻在山巅的誓言都将永远闪耀着光芒，照亮我们前行的道路。同时我们也能感受到诗人的隐忧：珍贵的爱情不能就这样就被“淡忘”了。

诗人在《七夕》里这样写自己：

那天傍晚
我去郊外散步
一个多小时后回家
抬头看见沙发上的妻子
用异样的目光瞅了我一眼
这一瞅，似乎点化了我
使我恍然想起
今夕是何夕，顿时
我无端心虚，好像
没在郊外散步
而是偷偷上了鹊桥

在中国传统节日中，七夕是一个被星辰与爱情温柔包裹的夜晚，总是能轻易勾起人们心中最细腻的情感涟漪。它是一个节日，更是无数爱情故事中不可或缺的背景，承载着对忠贞不渝爱情的向往与赞美。这首《七夕》诗，或许正以一种独特的方式，讲述着现代人在传统节日中的微妙心绪与情感共鸣。那天傍晚，诗人如往常一样外出散步，沉浸在大自然的怀抱中，忘却了日常的琐碎与烦恼。然而散步归来，当他踏入那熟悉而又温馨的家，眼前的一幕却让“我”心头一颤：沙发上，妻子正以一种异样的目光瞅着我，那眼神中既有温柔，也有几分难以言喻的深意。“这一瞅”，仿佛穿越了时空的界限，将诗人从郊外的宁静中猛然拉回现实，恍然意识到，“今夕”正是七夕——那个属于爱情与传说的夜晚。在这一刻，诗人的心莫名地涌起一股心虚之感，仿佛自己并非如所言那般在郊外散步，“而是偷偷上了鹊桥”，与某位未名的佳人共度了一段不可言说的时光。当然，这不过是心中的戏谑与自我调侃，但那份突如其来的情感起伏，却真实而强烈。妻子那异样的目光，或许正是对这份情感的微妙感知，是对他们共同生活中每一个平凡却又珍贵的瞬间的珍惜。它让读者与诗人一起反思，在快节奏的生活中，我们是否常常忽略了身边人的情感需求，忘记了在特殊的日子里给予对方更多的关爱与陪伴。诗歌至此收笔，留下一段夜的空白，让读者去想象填充剧情下一步的发展。七夕的星辰永恒而璀璨，诗人永远不会忘记妻子那“异样的目光”的暗示与“点化”：真正的爱情，不在于惊天动地的誓言，而在于那些平凡日子里的相知相守。

在《铁桥》中，“慌乱中，他们急忙分开 / 各自站在路两旁 / 脸对着脸，看不见对方”，美好的相拥被时间的火车冲开，诗人陷入一片茫然的黑暗之中。在《照片》中，“嘴角挤出一丝笑意的瞬间 / 你就摁动快门，把它定格”，诗人在相册上翻阅与妻子三十年来的“旧时光”，每一个瞬间都是温暖的记忆。在《银杏》中，“我想，山谷里历经沧桑的银杏树 / 始终会替我们保留着 / 那个美好的日子”，诗人与妻子去看银杏，不是去早了就是来迟了，但他坚信：只要心中有爱，有一份约定，那充满幸福和美好的金黄色风景就属于自己。爱情与婚姻可能最能体现出人性中最真实、最温馨的那一部分，叶云超写出其中蕴含的诗意的时候，神灵可能也会朝他笑一笑。

年近花甲，叶云超初心不改，诗心不老，仍然保持对诗歌的满腔热情和一片赤诚，坚持劳作之余的读诗与写诗，可谓不亦乐乎。对于心爱的诗歌，他有茫然，更有清醒：“我的笔当听从内心世界的召唤，着眼当下，触及人性。其间的弹性空间很大，能够找到的着陆区域看似宽广，其实是很逼仄的一小块，它由真实和坦诚铺就的跑道将接纳一个诗人的漂泊和回归之路。”能出一本诗集，是他多年的夙愿，也是他对自己笔耕不辍的一个交代。热爱是最好的老师，我衷心地祝愿他在“逼仄”之地不停地向下深掘，终有一天会掘出属于他自己的诗歌黄金来。

2024 年国庆期间于应城